MW00714687

LA BONNE DE CHAGALL

DE LA MÊME AUTEURE

Élise et Beethoven, Ottawa, Éditions David, 2014, coll. « 14/18 ».

Karen Olsen

La bonne de Chagall

ROMAN

David

Catalogage avant publication de Bibliothèque et Archives Canada

Olsen, Karen, 1962-, auteur

    La bonne de Chagall / Karen Olsen.

(Voix narratives)

Publié en formats imprimé(s) et électronique(s).
ISBN 978-2-89597-588-5 (couverture souple). — ISBN 978-2-89597-615-8 (PDF). — ISBN 978-2-89597-616-5 (EPUB)

    I. Titre. II. Collection : Voix narratives

PS8629.L744B66 2017   C843'.6   C2016-908150-8
                                      C2016-908151-6

Les Éditions David remercient le Conseil des arts du Canada, le Bureau des arts francophones du Conseil des arts de l'Ontario, la Ville d'Ottawa et le gouvernement du Canada par l'entremise du Fonds du livre du Canada.

Les Éditions David
335-B, rue Cumberland, Ottawa (Ontario) K1N 7J3
Téléphone : 613-695-3339 | Télécopieur : 613-695-3334
info@editionsdavid.com | www.editionsdavid.com

AVERTISSEMENT DE L'ÉDITEUR

L'intrigue qui sert de trame à ce roman est une histoire vraie. Mais l'auteure a pris la liberté d'interpréter cette histoire pour en faire une œuvre fictionnelle.

Pour
Marie-Hélène Leblanc
Suzanne Martin
Francine Masse
Martine Noël-Maw
Karine Poznanski
Julie Renaud
qui ont apporté quelque chose de lumineux
dans ma vision parfois nébuleuse

Comme sur la palette d'un peintre,
il n'y a dans notre vie
qu'une seule couleur qui donne un sens
à la vie et à l'art,
la couleur de l'amour.

Marc CHAGALL

I

Le vol des cigognes

Paris, 1984

Au début du mois de mars, la neige, qui tient rarement plus d'une journée à Paris, avait couvert la ville d'un manteau immaculé. Dans les rues à forte pente, les rares voitures dérapaient. Dans les parcs, de féroces combats de boules de neige s'engageaient et des bonshommes, comme d'étranges sculptures, se mettaient debout. Lorsque la neige était devenue assez épaisse pour tout recouvrir, des bouts de cartons et des sacs poubelles faisaient office de luges, à la grande joie des enfants.

Au cœur du quai d'Anjou, entre le pont Marie et le pont de Sully, enfermé dans son appartement du 4e arrondissement, Marc Chagall se plaignait auprès de sa femme, Valentina. Il geignait contre le ciel blafard et laiteux qui planait sur la ville, contre l'hiver qui s'entêtait à ne vouloir lâcher prise et contre l'humidité et le froid qui lui pénétraient les os. Valentina se mit en quête d'orchestrer leur départ vers la mer.

Au fil des jours, Irène, la bonne de la maison, vit des boîtes de carton s'empiler et des valises se multiplier dans toutes les pièces de l'appartement.

— Ailleurs, ce sont les oies ou les cigognes qui annoncent l'arrivée du printemps, lui dit Charlotte, la cuisinière, au bout d'une semaine. Tandis qu'ici, ce sont les bagages et les sautes d'humeur de madame.

Les deux femmes échangèrent un sourire et au bout d'un moment elles furent prises d'un fou rire à contretemps. Irène arriva enfin à se ressaisir et demanda :

— Alors, nous partons pour la villa ?

— Tu as tout deviné, rétorqua la cordon bleu.

— On ne perd rien pour attendre, avec ce temps morne.

— Elle t'a expliqué ce que tu aurais à faire avant de venir nous rejoindre là-bas ?

— Non, pas encore. Je ne suis que la bobonne.

Charlotte pouffa de rire de nouveau et l'invita à prendre le café au fond de la lingerie, comme les deux femmes en avaient l'habitude, une fois le ménage fait.

* *
*

La veille de leur départ, distraite et préoccupée par les requêtes de son mari, Valentina remit à Irène toutes les clés de la maison, en lui dictant ses instructions pour le grand ménage de l'appartement.

— Il faudra tout laver, battre les tapis et patati et patata, entendit Irène… Charlotte et le chauffeur partiront à l'aube avec la voiture, tandis que mon mari et moi allons prendre le train. Vous viendrez nous retrouver dès que tout sera en ordre.

* *

*

Comme il n'y avait personne pour l'épier et l'accompagner partout, Irène pouvait à sa guise déverrouiller toutes les portes, ouvrir tous les tiroirs et les remises cadenassées. Elle pouvait fouiller sans crainte dans les placards fermés à triple tour. Sans aucun regard accusateur, elle avait le loisir de mettre les cachettes sens dessus dessous. Dans toute cette abondance, c'était l'inégalité qui la vexait le plus. Les patrons avaient beau lui faire des sourires, des gentillesses et, en de rares occasions, de petits cadeaux, rien n'y faisait. Toutes ces années de servitude l'avaient minée. De jour en jour, le gouffre, entre les bien nantis et les démunies comme elle, s'était gonflé d'une sourde haine et de fantasmes de vengeance.

«Vava, ne s'imagine-t-elle pas que j'aimerais moi aussi me nipper de jolies robes? se dit-elle. Que je voudrais être bourrée de fric pour ne plus jamais avoir à travailler et être installée bien au chaud sans m'inquiéter du lendemain. Je pourrais enfin vivre dans un appartement luxueux et dormir dans la soie, avoir de bonnes choses à manger, un chauffeur pour conduire ma belle voiture et un homme comme Yann à mon bras. Lui saurait me protéger et me traiter avec douceur.»

Au fond, elle ne désirait qu'un peu de bonheur pour se sentir valorisée et se savoir en sécurité. Si les maîtres se servaient d'elle, sans lui offrir une lueur d'espoir, alors elle se disait qu'elle avait le droit, comme le disait Yann, de se servir à son tour.

La clé d'argent tourna sans grincement dans la serrure de l'armoire d'acajou et une douzaine de gouaches et de dessins tombèrent en cascade à ses pieds. Irène sursauta, regarda par-dessus son épaule, puis se pencha pour les ramasser. Chacune des œuvres portait un certificat d'authenticité. Elle les rangea plus ou moins en ordre et alla vite téléphoner à Yann.

Ne reconnaissant pas sa voix, elle demanda :

— Je suis bien au 06 40 23 63 15 ?

À l'autre bout, elle entendit l'homme répondre que si.

— Je voudrais parler à Yann, s'il vous plaît.

Cette fois, il cria sans couvrir l'embouchure du combiné.

— C'est pour toi ! Une gonzesse !

Elle reconnut enfin la voix de Yann.

— Allô, c'est moi. Tu es libre demain après-midi ? lui demanda-t-elle. J'ai quelque chose pour toi… Oui… Je ne les ai pas comptées, une dizaine au moins… Une seule… Oui, je comprends… Au coin des rues Rivoli et du 29-Juillet… Oui, j'y viendrai… À demain.

*   *

*

Par mesure de sécurité, Valentina avait insisté pour qu'Irène passe les nuits à l'appartement de l'île Saint-Louis, au lieu de rentrer chez elle comme elle en avait l'habitude.

— Mon frère Michel habitera ici pendant notre absence. Il devrait arriver au début de la semaine prochaine. Comme vous aurez beaucoup à faire, je vous demande de rester jusqu'à ce qu'il arrive. Il ne faut surtout pas laisser les lieux sans surveillance. C'est entendu ?

Cette nuit-là, Irène eut beaucoup de mal à trouver le sommeil. Elle se réveillait à tout instant en sursaut. Elle était trempée d'une sueur qui la glaçait. Elle ramenait les couvertures pour se cacher le visage en se répétant des injures. Elle voulait se rendormir, mais des idées sombres venaient sans cesse la hanter. Vers trois heures du matin, frissonnante, elle se leva pour prendre une tisane. Charlotte en gardait tout un assortiment dans ses armoires de cuisine. Elle les croyait souveraines de tous les maux. En attendant que l'eau bouille, Irène s'écroula sur une chaise, près de la table et se mit à pleurer comme une enfant. Elle pleurait de honte et de désespoir. Il lui semblait que quelque chose en elle s'était flétri.

« Je n'ai plus le choix, se dit-elle. Je ne peux plus reculer, maintenant. Plus jamais, je ne ferai une chose pareille. »

Dans la chambre de Charlotte, elle ferma de nouveau la lumière et s'enfonça la tête dans l'oreiller, décidée à se rendormir. Elle eut bien du mal à s'assoupir. Le même accablement la reprit et son imagination se mit en marche. Elle dut se débattre jusqu'à l'aube avec une succession de cauchemars qui la tyrannisaient. C'étaient des images sinistres qui la tiraient violemment de son sommeil. D'abord, des visages d'inconnus l'épiaient aux carreaux des fenêtres. Des portes s'ouvraient à la volée et des hommes ressemblant à son mari lui criaient : « Voleuse ! Tu n'es qu'une sale voleuse ! » Des personnages des tableaux de Chagall la poursuivaient dans son village, ils s'égosillaient jusqu'à perdre la voix : « Arrêtez-la, elle a dévalisé les armoires ! »

Épuisée et misérable, elle décida de se lever. En s'habillant, elle était exaspérée de ne pas avoir dormi et de s'être laissé dominer par ses angoisses qu'elle traitait maintenant de peurs enfantines.

* *
*

En fin d'après-midi, Irène traversa le pont qui enjambait la Seine. Elle tenait serré contre son corps le colis emballé de papier brun, attaché avec des bouts de ficelle trouvés dans un des tiroirs de la cuisine. Elle avait pris soin de mettre la lithographie entre deux cartons, pour ne pas le froisser. Dans les rues étroites du quartier juif, où Yann avait fixé leur rencontre, il lui semblait que chaque passant qu'elle croisait devinait l'action qu'elle allait commettre. Elle se sentait transparente à leurs yeux et sa culpabilité se dessinait autour d'elle comme une aura maléfique.

Dans le café, elle plaça l'œuvre volée dans les mains de son complice. Yann la regarda de ses yeux verts, lui sourit et prit ses mains dans les siennes.

2

La fille du charbonnier

Nord-Pas-de-Calais, 1968

Irène Madry travaillait comme chambrière au Château des Ormes depuis trois ans déjà. Le dernier vendredi du mois, elle s'installait sur le coin de la grande table de la cuisine. Avec ses chiffons, ses flanelles et sa pâte nettoyante, elle polissait les pièces d'argenterie sur cette même surface rude où la cuisinière dépeçait les volailles pour les fricassées, hachait les légumes et les viandes pour ses ragoûts et ses bouillis. Elle y vidait les poissons pour les bouillabaisses, en pressant de la tête vers la queue afin d'en éjecter les abats. Dans un grand saladier, elle mélangeait fenouil, céleri coupé en petits dés, gousses d'ail épluchées ainsi que safran et herbes de Provence. Elle arrosait le tout d'huile d'olive pour faire mariner le poisson au réfrigérateur, d'habitude jusqu'au lendemain.

À toutes ces odeurs se mêlait la chaleur des fourneaux allumés, rendant l'atmosphère de la pièce presque irrespirable. Par moments, Irène s'arrêtait de frotter, le temps que les produits agissent sur les fourchettes, les cuillers, les couteaux à manche de nacre, les chandeliers ciselés et le service à café. La pause lui permettait de masser ses doigts gourds et crispés tout en écoutant les cancans des autres domestiques.

Ce matin-là, sans avertissement, la voix rêche de sa patronne l'avait fait sursauter. D'ordinaire, elle réclamait leurs services immédiats dans les salons et les chambres, d'un coup de sonnette. Quand elle venait à l'improviste trouver les domestiques, c'était pour faire des reproches sur un ouvrage qu'elle jugeait mal fait ou pour doubler leur charge de travail. Si par malheur, la chambrière, la servante ou un autre la faisait attendre, les retardataires s'attiraient les foudres de la châtelaine. De ses lèvres minces, pincées en un anneau serré, coulaient des remontrances et des grondements sans fin.

— Mais, qu'est-ce que vous fabriquiez ? Avez-vous décidé de travailler à un rythme qui ne convient qu'à vous ? Si je sonne, c'est que je réclame vos services immédiatement. Je n'ai plus besoin de vous une heure plus tard ! On croirait que vous êtes sourde ou complètement engourdie ! Mais à quoi employez-vous vos journées ? Je ne vous paie pas pour flâner au chaud à écouter du matin au soir tous les commérages et les sales ragots de cette gargotière.

Madame l'avait interpellée de sa voix de crécelle depuis la porte entrouverte de la cuisine.

— Irène, suivez-moi. Vos sœurs vous attendent dans le foyer.

Aucun membre de sa famille n'avait jusque-là foulé le sol du domaine en traversant les grilles du parc du château et encore moins les portes menant à l'enceinte de la maison.

— Madame, c'est une mauvaise nouvelle n'est-ce pas ?

— Elles vous diront.

Irène aurait voulu frapper cette femme aux traits austères, avec son nez en forme de bec crochu et son cœur momifié, tel un vieux pruneau. Ce genre de femmes, avec l'excuse de la richesse, traitaient les gens à leur service comme des objets acquis qu'elles se permettaient de bousculer et de brusquer selon leurs toquades et leurs états d'âme. C'était sans doute leur mentalité d'ayants droit qui les rendait ainsi.

Si les maris étaient promus, elles les suivaient et vivaient cloisonnées pendant des années dans de grandes maisons en province imposées par l'entreprise. Aux meubles venaient s'ajouter le chauffeur, la bonne, les servantes, la cuisinière et le jardinier.

Madeleine et Marie, les sœurs jumelles d'Irène, l'attendaient en silence debout au centre du foyer. Personne ne les avait invitées à passer au salon.

— C'est papa? dit Irène, ne voulant pas voir dans leurs yeux ce qu'elle devinait déjà.

* *

*

Dans la houillère de l'Escarpelle du bassin minier de Leforest, il y avait bien sûr des risques liés au métier de mineur. Dans la gueule noire des galeries, les nombreux dangers redoutés propres à l'activité d'extraction du charbon : outre la silicose qui les guettait, les ouvriers travaillaient dans la menace constante d'effondrements et d'inondations à proximité des nappes profondes où des failles permettaient à l'eau de s'infiltrer. Sans compter que ces braves hommes craignaient à tout moment de manquer d'air ou de subir des coups de grisou, dont autrefois l'évanouissement ou la mort d'un canari en cage prévenait du péril.

Monsieur Madry, le père d'Irène, travaillait depuis toujours à la mine. Ce jour-là, dès l'aube, il s'était rendu à son poste pour commencer sa période de relève. Lorsque la cage de bure, qu'il occupait avec son équipe, chuta d'une hauteur de quatre-vingts mètres, lui et ses hommes furent entraînés au fond du gouffre, laissant derrière eux cinq épouses et dix-huit orphelins aux mains vides. Du coup, Irène était devenue le seul soutien de la famille.

Les veuves des houilleurs, habituées à rester debout jusqu'à l'aube pendant que leur mari travaillait de nuit, s'attendaient toujours à recevoir l'appel qui leur annoncerait la mauvaise nouvelle. Maintenant, elles frémissaient à l'idée de se retrouver à la rue, se voyant démunies au point de ne pouvoir nourrir leurs enfants, sachant fort bien que peu de temps après les enterrements, les huissiers menaceraient de venir chez les plus vulnérables et les sans-le-sou pour tout emporter.

Sur les lieux de l'accident, les dernières berlines furent remontées à la surface. Doté d'un matériel épuisé et dangereux, produisant très peu de charbon, le puits fut finalement remblayé. Quelques mois plus tard, la décision d'abattre le chevalement avait signalé le coup de grâce de cette industrie. La fermeture de toutes les fosses était inévitable dans ce terroir, le fief jadis des bûcherons et des défricheurs de terre.

Au bout de quelques mois, Irène, comme des centaines d'autres, se retrouvait sans travail. Petit à petit, avec leur ruse habituelle, les grands patrons avaient plié bagage, verrouillé les volets battants et abandonné châteaux et domaines à la recherche d'horizons plus prometteurs, sous des cieux plus cléments. Bientôt, la petite bonne avait l'impression de loger le diable dans sa bourse. À son tour, elle se décida à boucler son unique valise.

* *

*

Par un matin lugubre, madame Madry, à pas lents, accompagna sa fille aînée à la gare.

— Il faut bien que je gagne de quoi vivre, avait insisté Irène, cherchant à faire comprendre à sa mère la raison de son départ.

« Je ne veux pas danser devant le buffet et crever de faim dans ce trou paumé », aurait-elle voulu lui lancer au visage.

« Mais à quoi bon », se dit-elle.

« Dans la grande ville, j'aurai de meilleures chances de trouver une place au service d'une famille à l'aise. »

Sur le quai où elles attendaient le train, la vieille femme posa une main sur l'épaule de sa fille et l'autre sur sa joue pâle. La regardant de ses yeux doux, elle lui chuchota quelques derniers conseils.

— Si tu ne trouves pas de travail à Paris, tu sais qu'il y aura toujours une place ici sous notre toit. Jure-moi de rester sage, malgré tout, hein ?

Irène l'embrassa tendrement et la serra longuement dans ses bras, comme pour un dernier adieu. De la portière du dernier wagon, elle promit à sa mère, qu'elle lui posterait, une fois un emploi trouvé, une partie de ses gages à chaque fin de mois.

* *

*

Il n'y avait rien de remarquable sur le visage étroit d'Irène, sauf ses grands yeux glauques où se lisait l'amertume. Ils étaient semblables à des bateaux chargés du bleu de la mer par jour de tempête. Elle portait ses cheveux fragiles torsadés en un chignon serré sur sa fine nuque, comme les filles du Nord.

Déjà dans la trentaine, elle disait avoir coiffé Sainte-Catherine. La tradition ancienne voulait qu'elle ait mis la première épingle à son chapeau tricolore à l'âge de vingt-cinq ans en y ajoutant une autre chaque année, jusqu'à l'âge de trente ans. Ainsi, la coiffure complétée, sans vraiment s'en rendre compte, elle était passée au rang des vieilles filles. En quelque sorte, elle venait de se joindre à la caste des femmes invisibles, celles qui sur la place publique ne comptaient que pour bien peu.

Il y avait eu, bien sûr, quelques prétendants. Mais Irène refusait de croire à la prière répétée par ses consœurs avec ferveur le 25 novembre :

Sainte Catherine, aide-moi. Ne me laisse pas mourir célibataire. Un mari, sainte Catherine, un bon, sainte Catherine ; mais plutôt un que pas du tout.

La bonniche ne voulait pas d'un homme de son coin de pays, qui n'avait que l'abus de l'alcool ou les écarts de conduite pour anesthésier son ennui. De plus, il fallait qu'elle gagne sa croûte.

Sa vie avait toujours été simple. Elle semblait être prédestinée au métier de camériste. Elle ne connaissait que le travail de domestique avec son sens du dévouement et ses tâches incessantes. Une spécialiste de la propreté, éternellement au service des autres. Efficace, elle possédait la rapidité de l'exécution et faisait preuve d'une discrétion notable et d'une grande honnêteté. Malgré sa petite taille, elle était dure au mal et possédait une énergie presque inépuisable pour le travail difficile qu'elle exerçait. Dans les grandes maisons, elle courait à cœur de journée d'un étage à l'autre, portant plateaux et linge sale. Il fallait de la force pour l'infernal va-et-vient des montées et des descentes dans les escaliers. Elle allait d'un pas cadencé, sans un soupir et sans une plainte, car la souffrance était un luxe que seul l'employeur pouvait se payer.

Pour le moment, Irène n'entrevoyait rien d'autre que le métier de servante pour gagner sa vie. Sur les bancs d'école, ses succès avaient été éphémères. Elle se plaisait à repriser les bas percés, à repasser la lingerie froissée. Rien ne la réjouissait autant que d'avoir un enfant malade à moucher ou un petit moins aimé que les autres à couver, à cajoler et à chouchouter. Elle se sentait utile si une femme triste ou délaissée par son mari lui confiait ses peines. Les détails de la vie des gens bien nantis la passionnaient. Plus encore, elle raffolait de découvrir les affaires qu'on ne peut avouer tout haut, comme les dettes qu'il fallait cacher, les tricheries qu'il fallait masquer et les scandales qu'il fallait taire.

Il ne lui déplaisait pas de vivre dans la chambre de la bonne, souvent sous les combles. C'était un espace exigu, dépourvu de la plupart des commodités courantes. Par contre, elle trouvait inopportun d'avoir à partager, avec les autres occupants de l'étage, les toilettes généralement installées sur le palier.

* *

*

Dans un panache de vapeur, sa petite commune disparut à mesure que le train prit de la vitesse. Irène, installée sur la banquette de son compartiment, succomba à la fatigue accumulée des derniers jours de préparatifs en vue de son départ. Elle tomba dans un profond sommeil et bientôt se mit à rêver d'une immense maison, dont les pièces baignées de soleil s'ornaient de magnifiques tableaux aux motifs floraux, de collines imprégnées de couleurs et de scènes paysannes. Dans cet espace unifié par la limpidité, tous les éléments de son paradis inventé au bord de la mer s'agençaient parfaitement.

3

La Ville Lumière

Paris, 1969

Les secousses du train entrant en gare avaient tiré la jeune femme de son sommeil agité. Encore engourdie, elle empoigna sa valise, mais un moment d'hésitation la gagna juste comme elle allait descendre sur le quai. À ses gestes, on aurait dit un oiseau qui craignait de se mouiller les pattes dans la rosée matinale. Dans la foule, personne ne l'attendait. Irène, la provinciale, venait de débarquer dans la Ville Lumière, et Paris ne l'accueillait pas à bras ouverts.

À la sortie de la gare, elle fut d'abord émerveillée par les rues animées et bruyantes, les voitures qui klaxonnaient et les gens qui couraient dans tous les sens. Tout semblait grouiller et tourbillonner autour d'elle sans rime ni raison. Alors qu'elle se tenait interdite au milieu du trottoir avec sa valise cabossée à ses pieds, un passant la bouscula en lui disant :

— Oh ! T'es plus dans ton hameau ! Reste pas plantée là comme une gourde !

Comme il s'éloignait, Irène entendit le même homme la traiter d'insignifiante. Elle avait eu envie de lui cracher quelques insultes à son tour, mais elle resta coite. De toute façon, la foule des passants avait déjà englouti le mufle. Secrètement, elle devinait que cela n'aurait servi à rien puisque c'était vrai. À leurs yeux, elle était une moins que rien qui arrivait de nulle part.

Quelque peu écorchée et exaspérée par la foule qui la coudoyait sur le trottoir, elle crispa ses doigts sur la poignée de sa valise. Elle redressa les épaules et se dirigea vers la bouche du métro qu'elle venait de repérer. Par bonheur, elle avait assez d'économies pour survivre le temps de se trouver une place et, avant de quitter sa commune, elle avait pris soin de louer temporairement une chambre dans le 20ᵉ arrondissement. Au fil des jours, elle apprit à feuilleter les quotidiens à la recherche d'offres d'emploi, à ne pas sourire et à marcher vite dans le métro, à imiter l'accent parisien pour cacher le sien, à dire au téléphone : « Je m'appelle, au lieu de… *mis ch'est*, s'il vous plaît, à la place de… *san vos kmander*, puis à substituer à son *merchi gramint* un merci beaucoup… » au moment où elle devait se renseigner sur la disponibilité des postes. Cela ne la gênait plus de s'adresser à de parfaits inconnus, à se présenter à des dizaines d'entrevues, où elle devait faire valoir ses aptitudes.

Il fallait dépenser toutes ces énergies pour enfin être payée une misère pour nettoyer les sols, les balayer, les frotter et les faire reluire ; aérer les pièces, laver les carreaux, faire briller les miroirs et dépoussiérer les meubles, les livres anciens et les bibelots fragiles ; pour faire la lessive hebdomadaire, repasser, plier et ranger le linge, pour ne pas se retrouver sur le trottoir.

À la fin de ses journées interminables, elle rentrait épuisée et se faisait un repas léger. Après un bon bain chaud, elle allait au lit. Vers cinq heures du matin, une nouvelle ronde de dures besognes l'attendait.

Pendant ses rares congés, elle allait flâner en haut de la butte Montmartre pour y découvrir de nouvelles perspectives de la ville. Les dimanches, par temps clément, elle allait pique-niquer sur les quais de la Seine. Parfois, elle arpentait la plus belle avenue du monde, les Champs-Élysées, imaginant qu'un jour elle aurait assez d'argent pour s'offrir des tailleurs, des robes et des chapeaux chez les grands couturiers. Les jours de pluie, elle hantait les musées dont l'entrée était gratuite. En de rares occasions, elle se payait un billet de cinéma.

Les jours d'amertume ou de découragement où la solitude risquait de l'engloutir, elle s'installait à la terrasse d'un café dans son arrondissement pour regarder passer les gens.

4

Le dragueur

Un dimanche de septembre au café L'Évasion, alors qu'Irène sirotait un cappuccino en reluquant les passants, un jeune ouvrier, dans la même situation qu'elle, lui demanda simplement depuis la table voisine :

— Tu viens ici souvent ?

Il avait des yeux chocolat et semblait gentil.

Elle se tourna vers son voisin, lui sourit et répondit sans se presser :

— Parfois, quand je ne peux plus supporter les quatre murs de ma chambre.

— Tu habites le quartier ?

— Oui, pour le moment, mais j'aimerais bien vivre ailleurs. Je trouve cette ville trop bruyante.

— Tu n'es pas Parisienne, alors !

— Je suis Leforestoise.

— C'est où ça ?

— Au nord.

— Je suis tout à l'opposé. On se nomme Saint-Paulois.

— Saint-Paul ?

— Je ne suis pas un saint, dit le jeune travailleur qui se mit à rire. Je viens de Saint-Paul-de-Vence.

— Tu as l'accent du Midi.

— Impossible de s'en défaire. Les Parisiens pour nous parlent pointu.

Irène lui sourit, se souvenant de l'homme qui l'avait bousculée dans la rue, le jour de son arrivée.

— Dis, t'as déjà vu la Méditerranée?

— Non, mais je rêve d'aller y faire un tour un de ces quatre matins.

— Mon village te plairait, il s'élève sur un éperon rocheux, situé entre les Alpes et la mer.

— Je connais mieux la côte d'Opale avec ses dunes, ses plages, ses estuaires, ses marécages et ses falaises. Si c'est comme tu dis : «un si beau coin de pays», alors pourquoi l'avoir quitté pour venir t'installer ici, dans cette ville grise qui fout le cafard?

— Il fallait que je trouve un boulot. On ne peut pas vivre que d'amour et d'eau fraîche, et dans les villages c'est difficile d'exercer son métier.

— À qui le dis-tu!

— Au fait, je m'appelle Georges, Georges Menskoï.

— Et moi, je m'appelle Irène Madry.

En prenant sa main, il déposa un doux baiser sur le revers de son poignet, du côté des veines où la peau est douce et diaphane. Irène frissonna d'abord, sentit ensuite une bouffée de chaleur la traverser de la tête au pied.

— Je peux t'offrir à boire?

Surprise, la jeune femme balbutia :

— Je... veux bien.

Et il l'entraîna le long des trottoirs. Ils passèrent devant deux cafés, où les maîtres d'hôtel dans leur tablier raide et empesé attendaient patiemment les nouveaux clients. Au garde-à-vous devant les portes, ils étaient superbes dans la prudence et la souplesse de leur geste. Pourtant, leurs belles manières n'étaient qu'un voile d'hypocrisie.

Au coin d'une rue étroite, au lieu de dire : «Par ici», Georges posa ses doigts dans le creux du dos de sa compagne. Irène ne fit aucun geste pour se dégager de cette main chaude qui l'entraînait loin des grands boulevards.

— C'est là, dit-il en la prenant par le coude.

Ils entrèrent dans une brasserie où flottait l'odeur rance de la bière et l'âcreté des cendriers débordant de mégots. L'endroit, faiblement éclairé, avait des murs recouverts de tuiles caca d'oie. Irène aurait préféré un restaurant un peu plus huppé, mais cet endroit lui rappelait celui de la rue Voltaire, de sa commune, où son père avait l'habitude d'amener la famille pour prendre un repas de quelques francs.

Ils se glissèrent sur un banc de bois à dossier droit, installé le long d'un mur, de sorte qu'ils étaient assis côte à côte derrière une table huileuse, rarement soumise à l'eau savonneuse d'un chiffon.

Georges commanda deux bières froides et sortit un paquet de Gitanes de la poche de sa chemise.

— Tu en veux une?

— Je ne fume pas, lui répondit Irène.

Le serveur déposa leur consommation sur la table.

Georges alluma sa cigarette et lui sourit, en voyant qu'elle avait presque vidé d'un seul trait son premier verre.

— Je vais commander quelque chose de plus fort pour le prochain tour.

— J'aimerais bien du rouge, si tu insistes.

— Tu veux manger quelque chose?

— Je prendrais bien des moules marinières avec des frites.

— Tout ce que vous désirez, madame, dit-il pour la taquiner.

Irène, déjà sous l'influence de l'alcool, voulut tout savoir de ce jeune étranger au teint olive et aux cheveux noirs ébouriffés qui semblait si sûr de lui. Elle avait rarement pris le temps de s'intéresser aux garçons. Il fallait toujours travailler. Mais ici, dans cette grande ville où la solitude la faisait souffrir, l'attention que Georges lui portait la dépaysait.

— Tu habites où ? lui demanda-t-elle.

— Pour le moment, je n'ai pas d'adresse fixe, je me déplace beaucoup. Ces jours-ci, je partage mon temps entre un ami et le suivant. Tu sais comment ça se passe. Je reste partout où je peux me trouver un coin. Mais, dès que j'aurai trouvé du travail, je pourrai m'offrir une planque.

Irène ne comprenait pas comment il pouvait mener cette vie de bohème. Elle aurait voulu le réconforter, mais elle était déçue qu'il n'eut pas d'adresse fixe et qu'il fut tout comme un itinérant, sans logis, vivant dans la rue.

Elle avait déjà enfilé un deuxième verre de vin, lorsque Georges voulut tout savoir à propos de sa famille. Irène, légèrement grisée, se sentait de plus en plus attirée par cet être qui vivait, semblait-il, de l'air du temps.

L'habitude qu'il avait de la regarder droit dans les yeux en lui parlant la captivait. Pendant que deux rousses entrèrent dans la brasserie en rigolant, son regard resta fixé sur elle. Irène crut qu'il préférait être à ses côtés et que pour rien au monde il n'aurait choisi un autre endroit.

Elle était séduite.

Elle lui parla de son frère aîné, Jean, boulanger à Dunkerque, de ses sœurs jumelles, toutes les deux encore étudiantes et de l'accident à la mine. Elle raviva des souvenirs qu'elle avait de son père, à l'époque où il lui chantait des airs de son pays. Elle décrivit sa mère inconsolable qui, depuis la mort tragique de son mari, passait tout son temps à l'église à égrainer son chapelet.

Vint le tour de Georges de lui raconter qu'il n'avait jamais connu son père, mais plutôt une légion de vauriens qui entraient et sortaient à leur guise de la chambre de sa mère. Il portait encore les cicatrices des raclées écopées pour un geste maladroit, une désobéissance ou une réplique de gamin jugée polissonne. L'un de ces hommes avait vendu, dans la boutique d'un prêteur sur gages, le premier tricycle que lui avait offert un de ses nouveaux tontons. Un autre lui avait brisé la clavicule. Georges ouvrit sa chemise, révélant une poitrine velue et musclée.

— Touche là, avait-il dit à Irène pour lui montrer la bosse où les os s'étaient mal ressoudés.

— Quelles brutes, ces hommes !

George haussa les épaules tout en reboutonnant sa chemise, de manière à dire : « Je m'en fiche, ça n'a plus aucune importance. » Et commanda une autre tournée.

* *

*

Dès lors, les promenades en haut de la butte Montmartre, les pique-niques sur les quais de la Seine et les balades le long des Champs-Élysées furent abandonnés. Désormais, les dimanches, Georges venait retrouver Irène sous ses draps dans la chambre étroite du 20e arrondissement. Les jours de pluie, ils se payaient un billet de cinéma. Au fond de la salle obscurcie, George aimait le moment où elle l'invitait à faire courir ses doigts sous sa blouse, tandis que lui guidait la main d'Irène sur le pli que prenait son pantalon.

5

Le mécanicien

Paris, 1980

Au bout de quelques semaines, Georges s'installa en permanence dans la petite chambre du 20ᵉ arrondissement. Il se trouva un travail comme chauffeur-livreur et payait sa part du loyer en se souciant peu de l'avenir. Dès qu'Irène lui annonça qu'elle était enceinte, il la demanda en mariage. La cendrillon ne voulut point d'une noce en blanc. À quoi bon dépenser de l'argent qu'ils n'avaient pas pour une robe qu'elle ne porterait qu'une seule fois ? Les bans publiés, au onzième jour, le mariage fut célébré devant le maire de leur arrondissement avec pour seuls témoins le frère d'Irène et la sœur de Georges. Après la cérémonie, ils mangèrent un morceau ensemble dans la brasserie que le couple fréquentait depuis sa première rencontre.

En faisant les adieux à son frère, Irène un peu honteuse lui chuchota à l'oreille en lui faisant la bise :

— Jean, tu diras à maman que je ne peux plus lui envoyer des sous, je dois faire des économies. Nous avons à peine de quoi vivre.

— T'en fais pas, elle comprendra. Je vais bientôt ouvrir ma propre boulangerie-pâtisserie, je vais pouvoir m'occuper de maman et des jumelles.

Georges loua dans le même quartier un logement trop petit pour une famille. Il promit à sa femme que l'arrangement serait temporaire, mais une année en amenait une autre. Irène rêvait d'avoir une vie meilleure et de posséder une jolie maison en banlieue.

Le couple aura connu à peine dix ans de bonheur dans un étroit deux-pièces avec cuisine dans le quartier de Belleville. Pour boucler le budget, elle se mit à faire le ménage dans les hôtels particuliers du Marais. Maintenant, mère de deux enfants, elle prenait soin de sa petite famille qui grandissait, tandis que Georges travaillait comme mécanicien. Il était difficile de savoir s'il était propre. Tous ses vêtements étaient tellement souillés de cambouis qu'il semblait toujours porter le deuil de sa blanchisseuse. Même ses cheveux étaient visqueux. De plus, son beau teint jadis olive paraissait maintenant grisâtre, puisque l'huile s'était imprégnée dans tous les pores de sa peau. Ses ongles aussi étaient tatoués.

En vain, il tentait de se nettoyer les mains par tous les moyens : beurre doux, térébenthine, gazole, savons de toutes sortes. À bout de solutions, il avait eu recours au dissolvant à vernis à ongles. Rien n'en venait à bout. La crasse incrustée au bout de ses doigts formait un halo plombé et cendreux permanent.

Georges avait travaillé comme routier pendant quelque temps, conduisant des poids lourds d'un bout à l'autre du pays pour faire plus d'argent. Mais les exigences de ce métier monotone ne lui plaisaient pas. Il supportait mal d'être assis en permanence et tolérait encore moins les vibrations du corps causées par les chaussées en mauvais état. Il détestait rouler sur des centaines de kilomètres et craignait la dépendance aux drogues pouvant altérer sa vigilance au volant. Il s'y perdait dans les horaires variables et passer des semaines loin de sa famille l'agaçait. De plus, travailler seul l'horripilait.

Derrière le volant de son gros camion, il s'imaginait qu'Irène le trompait, faisant entrer toutes sortes d'hommes dans leur appartement pendant son absence, comme sa mère l'avait permis autrefois. En réintégrant le foyer à la fin de son quart de travail, il était comme un homme possédé. Il serrait Irène si fort qu'elle étouffait. De sa bouche affamée, il la mordait. Ses mains rudes la tripotaient et la pinçaient. Il aurait voulu la dévorer, la détruire.

— Arrête! Tu me fais mal! se plaignait-elle.

Irène aurait plutôt voulu retrouver la douceur des caresses de leurs premières nuits.

— C'est toi qui me rends fou!

Georges aurait voulu l'accuser de tous les méfaits, la battre, l'étrangler, comme il avait vu les hommes malmener sa mère. Une fois son désir assouvi, sa crise de jalousie se calmait.

* *

*

Il trouva finalement un travail en ville comme réparateur de camions et d'autobus. Ce boulot lui plut. Il devait vérifier et mettre à l'essai les systèmes mécaniques, tels les moteurs, les transmissions, les essieux et les freins, pour repérer les défectuosités et les imperfections. Avec son surveillant, il devait ensuite déterminer si les pièces étaient réparables ou si elles devaient être remplacées. Plus que tout, il aimait conduire les véhicules pour les tester. Venait ensuite l'ajustement des différents éléments selon les spécifications pour bien assurer leur mise au point. La seule partie de cette tâche qui le gênait beaucoup était de remplir les rapports, afin de noter les défectuosités et de faire la description du travail à exécuter.

Georges savait compter, mais il avait à peine appris à écrire. À l'école, entre les coups de règles et les punitions, ses maigres efforts en classe se soldaient toujours par des échecs. Un jour, il dut quitter l'école avant de compléter le cours moyen de 2ᵉ année, car sa mère décida de le jeter à la rue.

«J'ai plus les moyens de te faire vivre, tu es assez grand pour te débrouiller par tes propres moyens», lui avait-elle dit.

Ainsi commença son second apprentissage à la dure école de l'adversité. Il termina ses études le jour où, sur la terrasse d'un café, il tomba amoureux d'une jeune femme aux cheveux fragiles, torsadés en un chignon serré sur sa fine nuque.

*   *

*

Après le travail, lui et ses copains mécaniciens se retrouvaient pour prendre une bière. Chaque soir, il rentrait s'attabler devant un bon repas chaud en famille. Le moindre retard de la part de sa femme, après sa longue journée de travail, ravivait ses suspicions.

— T'arrives d'où là, à cette heure?

— Du marché, comme tu le vois, répliquait Irène exténuée, les bras chargés de sacs.

— Ça ne prend tout de même pas des heures pour trouver des côtelettes, quelques pommes de terre et du pain.

— Le métro était en panne, j'ai dû marcher.

— Le métro était en panne, en voilà une bonne, mais tu me prends pour un idiot.

Et leur dispute commençait pour un rien, parce qu'il en avait envie. Il se mettait à grogner de plus belle.

— Tu nous fais attendre, et les enfants ont faim.

— Tu sais aussi bien que moi faire la cuisine. Tu aurais pu leur faire une tartine, en attendant que j'arrive.

— Ça y est, tu veux que je porte le tablier maintenant! Tu fais exprès d'être moche, et ça te ferait plaisir de m'humilier devant mes potes. C'est toi la femme de ménage, pas moi!

Pendant que les chaudrons et les marmites entraient dans la valse cruelle de leurs parents autour de la table de cuisine, les enfants se réfugiaient sous leur lit.

— Bordel, de putain de merde! criait Georges, lorsqu'Irène le cognait avec le rouleau à pâte.

Mais, si c'était Irène qui appelait au secours quand Georges essayait de l'étouffer avec le torchon à vaisselle, la petite Nadia et son frère Serge sortaient les couteaux des tiroirs, menaçant de poignarder leur père s'il ne lâchait pas prise.

Georges, honteux, s'enfermait dans la chambre, gémissant comme un môme. Irène et les enfants rangeaient la cuisine. Machinalement, ils suspendaient les poêlons et la crêpière au support à casseroles. Ensuite, ils remettaient sur pattes les chaises renversées, puis, avec balai et porte-ordure ramassaient les plats fracassés. En silence, les trois essuyaient les éclaboussures sur le plancher et les murs. Après avoir nettoyé le gâchis, les enfants aidaient leur mère à préparer et à servir le souper. Une fois le calme rétabli, tout le monde se retrouvait pour faire honneur au repas d'Irène et la fâcheuse affaire se réglait en famille, sans témoins. Il n'était jamais question d'aller chercher de l'aide, pas question de laver son linge sale en public.

La nuit venue, il n'y avait pas de repos pour Irène. Georges cherchait à se faire pardonner, tentait de la convaincre avec des paroles vides de sens : elle était la seule femme pour lui, il était le meilleur homme du monde, un homme, un vrai.

— Personne ne t'aime comme je t'aime, lui chuchotait-il dans le noir.

Et le lendemain, il lui faisait porter des fleurs, avec une note promettant de ne plus jamais recommencer. Mais, quelques jours plus tard, contrarié par les assiettes du petit-déjeuner qu'Irène n'avait pas lavées avant de partir pour sa journée de travail ou par ses pantoufles rangées au mauvais endroit, Georges s'imaginait qu'elle le faisait exprès pour le pousser à bout. Ainsi un soir, aussitôt qu'elle eut mis le pied dans l'appartement, il l'empoigna par les épaules. Elle n'eut même pas le temps de poser son sac ni d'enlever son manteau. Il la secoua violemment et la frappa contre le mur. Irène se mit à crier, il la secoua encore plus brutalement, hurlant :

— Ta gueule ! Ta gueule !

— Lâche-moi ! Mais, lâche-moi ! Tu es devenu complètement fou !

Effrayé par ce qu'elle lui disait, il la gifla cette fois, pour qu'elle se taise. Il ne supportait plus les cris de sa femme. Dès qu'il se rendit compte de ce qu'il venait de faire, il regretta son geste et s'aperçut que quelque chose s'était brisé en elle. Il le voyait dans ses yeux. Elle le méprisait, le haïssait, parce qu'il l'avait effrayée. D'habitude, il n'exprimait que son mécontentement et elle avait la chance de se défendre, mais cette fois c'était une embuscade, un assaut.

Georges n'arrivait plus à la convaincre qu'il changerait. Irène ne l'écoutait plus, ne l'entendait plus. Elle ne l'aimait plus. Dès lors, elle ne tolérait sa présence que pour les enfants, vivant dans l'inquiétude et dans l'angoisse, toujours obsédée par la prochaine violence. Elle avait peur de lui. Georges le voyait dans sa façon de le regarder et dans la froideur de son corps. Il y eut d'autres incidents, parfois espacés de quelques semaines, parfois de quelques mois. Chacun lui semblait de plus en plus violent. Ce qu'elle craignait le plus était de se retrouver aux urgences avec des os cassés, incapable de travailler. Elle ne voulait pas se retrouver sans argent, prisonnière de cet animal.

Lasse de se battre, elle n'en pouvait plus d'être courbaturée à force d'encaisser les coups, d'être violette de meurtrissures. Elle ne survivait que pour ses enfants. Elle serrait les poings et les dents attendant des jours meilleurs, se disant qu'il fallait bientôt trouver une issue avant d'atteindre son point de rupture.

* *

*

Un jour, Georges dépassa la limite. Emporté par sa folie, pour un rien, dans un état de quasi-transe, il s'était retrouvé une main autour de la gorge de sa femme et, de l'autre, il la lardait de coups de couteau imaginaires. Il se disait qu'il ne voulait pas la blesser, mais cherchait plutôt à se défouler, de la même manière qu'un boxeur tape dans un sac. Ce dernier incident horrifia Irène. Les serments d'ivrogne de son mari n'arrivaient pas cette fois à calmer ses inquiétudes et à l'amadouer.

— Jamais plus, je vais cesser, je ne te toucherai plus, je le jure. Mais, si un jour tu essaies de me laisser, je te tue! avait-il dit, le regard noir comme de l'encre.

6

Le sourire de la Providence

Paris, 1983

Irène se plaisait à travailler dans une maison au quai de l'Horloge, depuis un an déjà. Sa patronne souffrait d'un ulcère parce qu'elle picolait un peu trop. Certes, son mari s'était donné du mal. Il avait essayé par tous les moyens de convaincre les médecins de faire suivre à la pauvre femme une cure de désintoxication. À bout de patience et de solutions, il la fit hospitaliser. Elle se plaignait depuis quelque temps déjà d'horribles maux d'estomac. Quelques jours plus tard, la malheureuse succomba à une hémorragie interne.

Après les funérailles, Irène alla trouver son patron pour lui exprimer ses sincères condoléances. Elle voulait le plaindre plutôt que le consoler et s'évertuait à trouver le bon mot, la phrase juste pour lui témoigner sa sympathie et lui montrer qu'elle partageait sa peine. Elle n'arrivait qu'à répéter en regardant l'homme de ses yeux noyés :

— Votre pauvre femme, quel malheur, monsieur, un si grand malheur... Je suis désolée que vous ayez perdu votre femme ainsi... et une si bonne personne.

— Oui, oui, répondit-il harassé.

Sur son visage ne se lisait aucune expression de tristesse. Ses gestes restaient vagues. Seules ses mains s'agitaient, pliant et repliant un feuillet montrant le portrait de la défunte, ainsi que le programme du service des obsèques.

— Elle était sans pareille. Je dirais même irremplaçable, insista Irène.

— Mais, je n'ai pas du tout l'intention de vivre mon veuvage en ermite, dit-il soudainement.

Ses yeux étaient devenus vifs et ses mouvements plus fougueux.

— Bah! ajouta-t-il, après un court silence. Enfin, tout se remplace. Les cimetières ne débordent-ils pas de gens irremplaçables, comme vous le dites?

Médusée, Irène voulut lui faire comprendre tout ce qu'il venait de perdre. Elle insistait pour qu'au moins il se rende à l'évidence.

— Une si bonne femme et après tant d'années, elle connaissait si bien vos habitudes et vos goûts. Elle vous était complètement dévouée, c'était une épouse modèle.

— Dévouée! Modèle! dit-il en s'esclaffant. Autant vous le dire, j'en avais assez de cette vieille ivrogne avec son gosier en pente. Elle ne fichait plus rien dans la maison et dépensait une fortune sur le meilleur champagne. Deux, parfois trois bouteilles par jour, qu'elle déglutissait pour se rincer le dalot. Et sous l'influence de la boisson, elle tombait dans un abrutissement total. Une fois bien engourdie, sa langue devenait venimeuse et pendante, ses lèvres luisantes comme celles d'une vieille carpe. Elle faisait des scènes à propos de rien dès le matin au petit-déjeuner et, le soir, quand je rentrais du bureau, épuisé, elle en remettait. Toutes sortes d'histoires, qu'elle inventait, qui n'avaient ni queue ni tête! Et j'avais droit à des reproches sans fin si je dépensais quelques sous pour un café et un journal.

Si j'avais le malheur de causer avec vous, comme on le fait en ce moment... eh bien, elle en faisait des crises de jalousie... les bibelots et les bouquins qu'elle me lançait à la figure. Ah! non... et elle vous accusait de tous les vices, ses propos vous auraient fait rougir comme une pivoine. Il fallait entendre ça. Elle, dévouée! Ha! Les braiments de cette ânesse ne me manqueront guère!

Après ses aveux, sa respiration devint saccadée et bruyante. Il rappelait un fou libéré de l'asile, après des décennies. On aurait dit qu'il contemplait avec un nouvel espoir l'immensité du ciel bleu, les jardins en fleur et les espaces verdoyants; qu'il s'émerveillait des ombres violacées jetées en filigrane sur sa tête et son corps amaigri à mesure qu'elles se fabriquaient dans l'entrelacement des branches du couvert forestier.

— Je vends tout et je pars vivre avec ma maîtresse, aux Antilles!

Irène aurait bien voulu rester au service de ce monsieur. Parce qu'elle connaissait bien les habitudes de la maison, elle y aurait été tranquille tout en étant assurée d'une place. Mais, avec le départ de son patron pour son coin de paradis, Irène se retrouva sans emploi. Il l'envoya, avec d'excellentes références, dans une agence huppée passer un entretien de recrutement. Il ne voulait pas la laisser dépourvue. Il l'aimait bien et l'avait toujours trouvée serviable.

Ce n'était pas la première fois que la bonne frappait aux portes des bureaux de placement. Elle avait changé d'emploi souvent, avant de trouver cette place au quai de l'Horloge, parce qu'on lui reprochait de prendre trop souvent des journées de congé, pour cause de maladie : en réalité, elle s'absentait pour cacher les ecchymoses laissées sur son visage et sur son corps par les coups de son mari.

Chaque matinée depuis l'enterrement, elle venait régulièrement au bureau de placement. Le plus souvent, c'était des gens bien qui voulaient l'engager pour servir dans leur jolie maison de campagne. Elle refusait de quitter Paris pour se retrouver de nouveau dans un coin perdu en province, et il y avait les enfants et Georges. Lui surtout s'opposerait à la laisser partir.

Attendant patiemment qu'on l'appelle, assise sur une chaise inconfortable, elle lisait des revues de mode, s'imaginant vêtue de belles toilettes pour des sorties dans les grands restaurants. De vaines et folles chimères meublaient constamment ses rêves. Pourtant, son quotidien était tout autre. Si son mari avait eu vent qu'elle était au chômage depuis plus d'une semaine, il l'aurait accusée d'être une loque humaine, une tire-au-cul, de l'avoir fait exprès et de chercher à se faire vivre pour l'humilier, parce qu'elle n'arrivait pas à garder un emploi stable.

Elle soupira.

« Si seulement une fois je pouvais me défendre », se répétait-elle.

« Une fois suffirait. Quelle chance il a eue mon patron de perdre sa femme ! Plus personne pour le tyranniser. Pourquoi laisse-t-on quelqu'un qu'on n'aime plus nous maltraiter, sans dire un mot ? Si je pouvais le fuir, le faire disparaître. »

C'était ça le pire.

De guerre lasse, après tant d'années, elle avait presque baissé pavillon. Pour avoir la paix et trouver des moments de répit, elle travaillait de longues heures, multipliait les courses tout en se dévouant à l'excès pour les enfants qui étaient en fait devenus de jeunes adolescents. C'étaient les seuls moyens qu'elle pouvait trouver pour se tirer de difficulté et éviter les reproches, les injures, et les raclées.

*　*

*

Après une semaine d'attente, la Providence lui sourit. Elle était venue comme d'habitude pour connaître les possibilités d'emploi. Elle prévoyait se faire offrir de nouveau des postes qui ne lui conviendraient pas.

— Madame Irène, madame Irène !

La voix de la placeuse la tira de sa rêverie.

— Madame Irène, il y a quelqu'un qui tient à vous rencontrer. Venez, suivez-moi.

Dans l'élégant bureau se trouvait une dame âgée, aux cheveux blancs comme neige, tressés autour de sa tête, comme une ancienne gouvernante. Forte de poitrine, courte de taille et trapue, on aurait dit une veuve tellement ses vêtements étaient sombres et austères. Irène la devinait septuagénaire, pourtant ses mouvements énergiques indiquaient le contraire. Son visage était avenant et sa voix chantante la plus entraînante qu'Irène eût jamais entendue. Elle accueillit Irène avec une grande politesse attentionnée. Ce geste aimable de la part de la dame la surprit et lui fit chaud au cœur.

— Votre ancien patron et madame Marchand, votre placeuse, me font de vous les meilleurs éloges. Et je n'ai aucun doute que vous les méritez amplement. On me dit que vous êtes une femme travailleuse et sérieuse. Ce sont des qualités qui me plaisent beaucoup. Voyez-vous, j'ai besoin d'une personne dévouée à qui je peux me fier. Je sais que j'en demande beaucoup. Comment pouvez-vous m'être dévouée si vous ne savez rien de ce que je vais exiger de vous ?

Irène lui sourit et la dame l'invita à s'asseoir près d'elle.

— Laissez-moi vous expliquer notre situation. Mon mari est un artiste de renommée internationale, sollicité de toute part. À Paris, nous habitons l'île Saint-Louis pendant quelques mois et nous partons au printemps pour vivre dans notre villa à Saint-Paul-de-Vence, où se trouvent ses studios.

Irène écoutait les confidences de la dame et en eut le souffle coupé. Au bout d'un moment, elle arriva à balbutier :

— Mon mari... est natif de cet endroit.

— Alors, vous connaissez déjà la place ?

— Non, je n'y suis jamais allée, mais j'en rêve depuis toujours.

— Alors, je crois que nous allons pouvoir nous entraider. C'est tout simple. Si vous venez travailler pour nous, votre plus cher désir sera aussi comblé. Mais, je vous préviens, ce n'est pas une place facile que je vous offre et vous serez appelée à travailler une partie de l'année ici, à Paris. Durant cette période, vous pourrez rentrer chez vous chaque soir. Le printemps venu, vous devrez vivre avec nous, pendant plusieurs mois, au bord de la Méditerranée. Ce qui nécessitera d'ouvrir et de fermer chacune des maisons, sans préavis ni horaire fixe. Nous partons à la minute où les projets l'exigent. Vous avez des enfants ?

— Un garçon et une fille.

— Comment s'appellent-ils ?

— Serge et Nadia.

— Ils sont encore petits ?

Irène lui sourit et répondit sans l'ombre d'une hésitation.

— Non, mon fils a treize ans et ma fille a douze ans. J'ai une belle-sœur qui habite là-bas. Je crois qu'elle serait ravie de les prendre pendant quelque temps.

— Alors, si je comprends bien, vous seriez prête à venir travailler pour nous ?

— Dès que j'aurai consulté les membres de ma famille, je pourrai vous donner ma réponse. Et si tout va comme prévu, je serai prête à faire tout ce que madame me demandera, répondit Irène avec toute la sincérité et l'enthousiasme qui trahissaient ses espoirs.

Et c'était vrai, elle était prête à tout pour vaincre la peur qui l'habitait. Depuis quelque temps, elle avait peur du bruit, de celui des voitures qui roulaient trop vite dans la rue. Elle sursautait pour un rien.

« Pouvoir le fuir, partir enfin, pensa-t-elle. Ne plus avoir à l'affronter. En fait, je ne sais même plus me disputer. Je me contente de faire comme si tout allait bien. Jusqu'à ce que mes enfants me disent : "Tu ne vois vraiment pas qu'il y a un problème", ce qui me fait fondre en larmes. Je fais tout pour être conciliante, à l'écoute, serviable, gentille, la petite femme parfaite. Mais j'en ai plein le dos ! Et depuis que Georges n'a plus d'emploi, il est toujours là, à se cabrer et à dresser ses piquants pour la moindre chose. »

La voix mélodieuse de Valentina la ramena au moment présent.

— Ne tardez pas trop à donner votre réponse. Vous comprenez, nous devons trouver la meilleure candidate pour ce poste le plus vite possible. Il faudra informer madame Marchand de votre décision, au plus tard lundi matin. Elle vous donnera nos coordonnées pour que vous puissiez vous rendre à notre appartement, si vous acceptez notre offre.

Après la rencontre, la placeuse, voyant qu'Irène semblait triste, voulut la consoler.

— Vous avez de la chance de vous faire offrir un emploi comme celui-ci. Il ne faut pas vous affliger comme ça. Ces gens sont prêts à vous prendre. Il y a des centaines de filles qui donneraient la prunelle de leurs yeux pour décrocher un poste comme celui-là.

Madame Marchand n'avait pas la moindre idée de l'affrontement, du marchandage et des négociations auxquels Irène allait devoir se livrer pour convaincre Georges de la laisser partir avec les enfants; elle que les conversations dépassant le seuil normal des décibels et les scènes le moindrement violentes à la télévision faisaient trembler. Comme d'habitude, il allait dominer la conversation ou en faire un monologue, il allait ridiculiser son plan dans le but de la décourager et tout allait chavirer. Pour ne plus avoir à défendre sa position, avant que la situation ne se gâte, elle allait abandonner. Et dès l'ouverture du bureau de placement, elle demanderait à madame Marchand de lui trouver autre chose.

* *

*

Encore plus ancré que la peur était le manque de confiance en elle. De jour en jour, à force de remarques désobligeantes, de critiques et de constantes humiliations, son assurance s'était effritée pour enfin disparaître. Irène ne s'en était même pas rendu compte.

Georges avait certes le droit à ses opinions et à ses idées, mais il avait usurpé les droits de sa femme, érodé sa force et presque étouffé sa voix. Elle avait l'impression de s'éteindre. Elle ne parlait plus. Après tout, elle n'était qu'une domestique. Elle avait l'habitude d'être invisible et solitaire dans son travail chez des gens qui ne s'intéressaient pas le moindrement à elle, de vivre chez les autres et de prendre soin des affaires des autres. Sa solitude n'était pas de vivre seule, mais de vivre presque invisible chez les autres.

7

Le pacte de glace

Tout au long du trajet dans le métro, Irène faisait presque une répétition théâtrale de ce qu'elle allait dire, en imaginant les répliques de son mari. Elle ruminait toutes les façons de lui annoncer qu'elle avait décroché un nouvel emploi. Surtout, il fallait à tout prix lui cacher qu'elle venait, depuis une semaine, de passer chaque matinée au bureau de placement à attendre des offres.

En rentrant à la maison, Georges vint l'accueillir en la rudoyant avant même qu'elle n'ait eu le temps de suspendre son manteau.

— Te voilà enfin, mais tu en fais une tête avec ton visage d'enterrement.

— Ce n'est vraiment pas le moment, avait répliqué Irène.

Surprise de son courage retrouvé, elle se dirigea vers la cuisine. Les mots revêches et malveillants de son mari tombaient maintenant dans l'oreille d'une sourde. Ils flottaient autour d'elle comme des guêpes agaçantes. Georges était devenu un autre, un étranger qu'elle ne connaissait plus, dont la présence était devenue insupportable. Il fit un mouvement rude pour l'agripper par le bras et, d'un geste aussi brusque, elle s'en dégagea.

— Je t'avise de ne pas me toucher. Tu t'installes là, lui ordonna-t-elle, désignant de l'index une chaise près de la table.

Désarçonné par le ton qu'avait pris sa femme, il se plia à ses ordres comme un enfant docile.

— Ma patronne est morte et monsieur a eu la gentillesse de me trouver une place auprès d'une famille très bien.

— Et ce monsieur, tu...

Elle devinait qu'il allait l'accuser d'avoir couché avec son ancien patron pour avoir obtenu cette faveur.

— Tu te tais! lui dit-elle en soulevant l'index de nouveau. Je sais ce que tu veux aller chercher, mais je te conseille de ne pas t'aventurer sur ce terrain.

Il resta bouche bée au milieu de sa phrase. L'accusation cinglante et ses insinuations en suspens se dissipèrent dans l'air. Il baissa la tête, honteux et déconfit.

À cet instant même, elle aurait aimé lui donner un bon coup de genou dans les burnes, suivi d'une bonne gifle.

Georges regarda sa femme d'un air indéfinissable. Il se gratta la nuque et, en changeant de posture, fit grincer la chaise sous son poids.

— Et qui sont ces bonnes gens?

— C'est un couple âgé qui habite l'île Saint-Louis. Ils ont aussi une maison dans ton village natal, où ils habitent pendant une bonne partie de l'année.

— Tu ne vas tout de même pas m'abandonner ici avec les enfants!

— Tu vas d'abord écouter ce que j'ai à te dire et ensuite tu pourras rouspéter, si ça te chante. Mais, je te préviens que ma décision est prise.

— Je vais téléphoner à ton employeur pour lui dire que tu es une mauvaise mère et que tu négliges tes devoirs d'épouse.

Irène se mit à rire.

— Il te faudra d'abord deviner pour qui je vais travailler. Cesse de dire des bêtises à la fin et écoute ce que je vais te proposer.

« On prétend qu'il n'y a plus d'esclavage, pensa Irène. Pourtant, on exige des servantes toutes les vertus, les résignations, les sacrifices et les humiliations et tout ça en échange du mépris, de l'angoisse et de cette lutte perpétuelle. »

— Georges, poursuivit-elle, voilà des mois que tu croques le marmot, toujours au chômage sans garantie d'un emploi stable. Combien de temps encore veux-tu moisir ? La chance qu'il nous fallait, pour sortir de cette ville et de se bâtir un meilleur avenir, vient de s'offrir à nous et tu cherches à faire rater le coup. Écoute, dit-elle pour l'amadouer. Je passerai l'hiver ici et, chaque soir, je rentrerai comme d'habitude. Au printemps, sans doute, il faudra que j'aille ouvrir la villa à Saint-Paul-de-Vence. Les enfants viendront avec moi, ils pourront continuer leurs études là-bas. Pendant quelque temps, ils pourraient habiter chez ta sœur et j'irais les retrouver le dimanche après-midi. Tu viendras t'installer avec nous quand tu auras déniché quelque chose. Tu dois connaître quelqu'un là-bas qui voudrait bien t'engager ?

— C'est toi maintenant qui prends les décisions pour la famille !

— Oui, n'ai-je pas été assez claire ? Tu peux toujours causer, mais rien au monde ne me fera changer d'avis. Alors, tu acceptes ma proposition ou tu restes ici, sans nous. À toi de choisir. Serge et Nadia ne demandent pas mieux que de quitter Paris.

Irène s'attendait à une crise, mais il ne se passa rien. Georges se leva. Il prit son veston et sa casquette et sortit en claquant la porte en proférant des paroles injurieuses. Étonnée, Irène fixa pendant un long moment la porte par laquelle son mari venait de disparaître. Elle haussa les épaules et mit dans ce geste tout ce qu'elle avait de fiel, de rancune et de mépris. Un large sourire se dessina sur son visage. Pour la première fois, son mari avait capitulé. Georges avait compris que le combat était perdu d'avance et de façon lamentable. Ne voulant pas perdre la face, il s'était esquivé comme un chien battu, la queue entre les pattes. À partir de cet instant, Irène savait qu'elle ne se laisserait plus tabasser et qu'elle ne se sentirait plus comme une petite fille vulnérable et impuissante. Victorieuse, elle tenait maintenant la queue de la poêle.

* *

*

Cette nuit-là, Irène succomba à la fatigue, elle rêva qu'elle partageait depuis longtemps sa vie entre Paris et Saint-Paul-de-Vence, conservant ses affaires dans des valises bien fermées, à l'exception du nécessaire quotidien. Elle se voyait enfin à des centaines de kilomètres de son mari, l'ayant quitté sans dire un mot. Son départ l'avait rendu fou. Il avait pris le train pour venir la retrouver. Il pleurait et s'excusait de toutes ses cruautés. Il la suppliait de le reprendre, de faire l'amour avec lui une dernière fois, en souvenir de leur passé, en guise d'un dernier adieu. Il essayait de l'embrasser et bavait sur sa joue.

Irène se réveilla en sursaut. Georges, dans le noir, essayait de la serrer dans ses bras. Il était ivre et pleurait à chaudes larmes.

— Ne me quitte pas, je ferai tout ce que tu voudras. Je viendrai m'installer à Saint-Paul-de-Vence, quand tu voudras. Je t'en supplie, ne m'abandonne pas. Je vais changer. Tu vas voir! Je ne peux pas vivre sans toi!

*   *

*

Irène se rendit au bureau de placement dès 8 h le lundi matin. Elle attendait sur le seuil de la porte que madame Marchand vienne ouvrir. La placeuse n'était pas surprise de la voir là, si tôt.

— J'accepte la place chez l'artiste, annonça-t-elle, avant même que madame Marchand ne l'invite à passer dans son bureau.

— Je suis heureuse que vous acceptiez ce poste. Vous savez chez qui vous allez travailler?

Irène fit signe que non.

— Votre patronne se nomme Valentina et son mari, l'artiste, n'est nul autre que Marc Chagall.

— Chagall?

— Vous le connaissez?

— Je n'ai vu que les affiches que ma fille a sur les murs de sa chambre. L'une est rigolote. Je crois que c'est un cirque avec des chevaux et des gens qui semblent flotter dans les airs. L'autre a un grand soleil près de la tour Eiffel.

Madame Marchand lui sourit.

— Vous allez avoir une existence douce avec ces gens. Le personnel de leur maison est peu nombreux, mais de choix : une cuisinière et un chauffeur, qui travaillent pour eux depuis des années, seront à votre disposition.

La placeuse griffonna l'adresse et le numéro de téléphone de sa nouvelle maison.

— Il est extrêmement rare de se faire offrir une place comme celle-ci, Irène. Vous allez y avoir tout : de bons gages, une besogne facile, beaucoup de liberté, des tâches variées. Madame vous demandera sans doute de faire des courses pour elle et d'accompagner parfois son mari lors de ses sorties. Vous n'aurez qu'à l'attendre patiemment. Il a une routine bien établie, vu son âge avancé.

— Et pour le ménage ? demanda Irène.

— Monsieur a ses studios où il ne faut rien toucher, ni rien déplacer. Il ne faut surtout pas l'interrompre lorsqu'il peint. Leur appartement en ville est modeste, vous aurez fini de tout nettoyer en deux heures à peine, à raison de trois fois la semaine.

— Et à la villa ?

— Ils reçoivent rarement et la cuisinière s'occupe de tout. Comme vous allez vivre sur les lieux, il faudra simplement faire ce qu'on vous demandera. Je téléphone sur-le-champ à madame Chagall pour lui dire que vous allez passer chez elle. Êtes-vous prête à commencer tout de suite ?

— Oui, je suis à leur disposition. Je peux commencer dès que madame le voudra.

En posant le combiné, madame Marchand lui tendit le bout de papier qu'elle tenait, en disant :

— Vous suivrez ces coordonnées. Madame Chagall vous attend, demain à 15 h. Et de grâce, il ne faut pas la faire patienter. Soyez ponctuelle.

8

La nouvelle patronne

Le lendemain, en fin d'après-midi, à la sortie du métro, Irène traversa le pont Marie pour se rendre au 13, quai d'Anjou sur l'île Saint-Louis. Elle avait l'impression d'entrer dans un monde à part où régnait une sérénité quasi provinciale. Ici, le plan des rues prenait la forme d'un damier. Le bruit et les artères congestionnées de la ville avaient disparu. Il lui semblait que le temps s'était arrêté. Elle traversa la rue pour regarder les vitrines et s'attarda pour lire une plaque fixée au mur d'un édifice à la mémoire de femmes comme elle.

> *Dans ce lieu jadis au XIVe siècle, six sœurs et trois petites lavandières se rendaient, les matines chantées, la lanterne à la main, à la rivière une fois la semaine.*

Irène les imaginait marchant à la queue leu leu, disparaissant dans la brume froide et blanche de l'aube qui flottait au-dessus du chemin, leur voilant le cours d'eau. Par moment, elles devaient apercevoir le tourbillon des flots, comme à travers la fumée agitée d'un feu de jardin. Aux premiers rayons chauds du soleil, le linceul vaporeux se dissipait et, à cet endroit, ces femmes, courbées sur leur linge, prélavaient huit à neuf cents draps, en plus des haillons des malades de l'hôpital de l'Hôtel-Dieu. Elles préparaient ainsi le travail de leurs aînées : trois religieuses et six filles prendraient la relève pour faire tremper le lavage dans une des caves de l'hospice. Au bout de trois jours, elles revenaient de nouveau pour laver et rincer tout ce linge dans la Seine.

Irène, en lisant de nouveau l'écriteau, apprit que pour ces femmes, comme pour elle, il n'y avait pas de répit... Par jour de pluie, de grand vent ou de givre, le lavage devait quand même se faire. Au cours des mois d'hiver, des bateliers aidaient à casser la glace. À la montée des eaux au printemps, les hommes veillaient avec des crocs à la main pour empêcher les draps d'être emportés par le courant. Parfois, c'était une malheureuse fille ou une religieuse qu'ils devaient sauver en la repêchant des flots.

* *

*

Irène s'inquiétait de faire attendre sa nouvelle patronne et emprunta le chemin qui longeait la rivière. Elle pressa le pas et arriva enfin à l'adresse inscrite sur le bout de papier blanc qu'elle tenait à la main. Madame Marchand avait pris soin de lui dessiner un plan au dos de la note. Irène y jeta un dernier coup d'œil afin de s'assurer qu'elle était au bon endroit. Puis, elle froissa le papier et le fourra dans le vieux sac à main suspendu au creux de son bras gauche. D'une main, elle sonna et de l'autre plaça ses cheveux. Le concierge vint ouvrir l'une des lourdes portes de bois laqué noir. En voyant l'homme âgé, Irène lui dit tout de suite :

— J'ai rendez-vous avec madame Chagall.

Le concierge lui fit signe d'entrer. Irène pénétra dans la cour intérieure fleurie et pavée et suivit l'homme jusqu'à la porte de sa loge.

— C'est bien aujourd'hui qu'elle vous attend? lui demanda-t-il.

— Oui, oui, je viens du bureau de placement. C'est madame Marchand qui m'envoie.

Le concierge examina Irène de la tête au pied. Il referma la porte, la laissant attendre sur le seuil de la loge. Au bout d'un moment, il reparut.

— Madame vous attend, elle avait simplement omis de me dire qu'elle attendait quelqu'un aujourd'hui. C'est là, lui dit-il, en pointant vers le fond du vaste espace.

Irène alla frapper à la porte indiquée. Au bout d'un moment, Valentina vint lui ouvrir.

— Bonjour madame, dit Irène.

— Que je suis heureuse que vous soyez là, entrez! Et de grâce, appelez-moi Vava.

— C'est que je n'ai pas l'habitude.

— Il ne faut pas faire tant de manières. Venez, je vais vous faire visiter les lieux et vous expliquer votre travail.

L'ascenseur était en panne. Les deux femmes empruntèrent un escalier étroit en colimaçon pour monter au premier étage. Elles entrèrent dans un appartement élégant et lumineux composé d'une galerie d'entrée, d'un grand salon avec cheminée au décor à l'ancienne avec une alcôve attenante à la pièce servant de bureau, près de la salle à manger. De magnifiques œuvres de Chagall tapissaient tous les murs. Irène était fascinée par les couleurs vives et la dimension des tableaux. Mais, elle n'eut pas le temps d'exprimer son admiration.

Aussitôt arrivée, Valentina invita Irène à déposer son sac à main et son manteau, mais ne prit pas le temps de lui offrir un café. Elle voulait la mettre au courant de ses tâches sans perdre un instant. Alors, sans tarder, elle promena la nouvelle bonne dans toutes les pièces de la résidence de deux étages. En passant par un long couloir, elles gagnèrent la chambre principale avec salle de bain. Tout au fond de l'appartement se trouvait une grande cuisine aménagée et deux autres chambres pour les domestiques avec leur salle de bain et une pièce réservée à la lessive.

— Charlotte, notre cuisinière, est sortie avec le chauffeur faire des courses. Si elle ne rentre pas d'ici une heure, vous ferez sa connaissance en fin de journée, sinon demain matin.

Les deux femmes montèrent ensuite à l'étage supérieur où se trouvait l'atelier de l'artiste. Valentina en donna une brève description, mais laissa la porte fermée.

— Il aime particulièrement cet endroit, les grandes fenêtres donnent une vue sur la Seine. Mais, défense d'y entrer, sauf s'il vous invite à le faire.

— Je comprends, madame Vava, répondit Irène.

* *
*

Au bout de quelques semaines, Irène se désolait d'avoir si peu à faire. Ses anciennes places lui manquaient. Elle ne pouvait croire qu'il y avait une telle pénurie de tâches dans cette maison. Ces derniers temps, ses journées se résumaient à enlever quelques poussières et à nettoyer les recoins. Elle servait plutôt de dame de compagnie, n'ayant qu'à écouter toutes les histoires et les plaintes de sa nouvelle patronne.

Sa seule consolation fut de trouver la compagnie de Charlotte très agréable. Elle et la cuisinière, une femme courte, bien en chair, souffrant de problèmes respiratoires et de troubles du sommeil, et d'une coquinerie charmante, passaient des heures ensemble au fond de la lingerie. Un magnifique tapis persan, cramoisi sombre aux dessins subtils, insonorisait la pièce et étouffait les éclats de voix et les rires des deux femmes. Aux murs, il y avait de grandes armoires d'acajou à serrures d'argent. Dans ce refuge intime, les deux complices prenaient un malin plaisir à se raconter tous les secrets écoutés aux serrures, les histoires saugrenues et indécentes des maisons où elles avaient servi. Elles s'amusaient à tourner en dérision les habitudes de leurs anciens maîtres et les manières de leurs visiteurs. Une joie simple et précieuse de ce métier. Chaque jour livrait de nouveaux cancans. C'était le seul et unique moyen qu'elles avaient de se croire sur le même pied que leurs patrons et d'obtenir leur revanche contre les humiliations passées, présentes et à venir. Charlotte, au service des Chagall depuis plusieurs années, avait été témoin de bien des choses. Cette famille, comme toutes les autres, offrait une source infinie de commérages sans conséquences, pareils aux derniers potins qu'on échangeait sur la vie de toutes les célébrités déchues.

— Tu sais, elle m'a dit un jour : Je suis fière d'avoir éloigné les enfants ingrats du maître. Sa fille, Ida, voulait tout mener et gobait tous les profits du travail de son père. Et ce fils, le résultat d'une liaison scandaleuse. Il a fallu payer ses études. Maintenant, il croit pouvoir gagner sa vie en grattant une guitare. J'ai mis de l'ordre dans notre vie et dans nos affaires. J'ai vidé la maison de tous ces parasites. Sans moi, mon mari serait un artiste en difficulté. Nous serions dans la misère ou, pire encore, couchés sur la paille.

— Quelle femme sans cœur! grogna Irène.

Charlotte hocha doucement la tête, en signe d'approbation.

— Ce n'est pas tout, souffla-t-elle. Valentina laisse monsieur sans le sou, tu sais, le pauvre. Dans toute leur richesse, c'est honteux. Et il lui obéit comme un enfant docile. Je ne sais plus si c'est à rire ou à pleurer. Ce n'était pas comme ça lorsque sa fille s'occupait de ses affaires. Depuis que madame est entrée dans sa vie, peu à peu et pour être tranquille, il lui a cédé toute son autorité de maître de la maison et abdiqué sa dignité d'homme aux mains de cette femme. Il était difficile pour lui de lui tenir tête, puisque c'est elle qui dirige, règle, organise et administre toute leur existence. Jusqu'aux papiers et aux couleurs qu'elle tient sous clé, renfermés dans cette armoire. Elle lui donne une quantité fixe chaque semaine, comme si c'était ses rations. Et pour l'argent, c'est pareil. Il a une allocation de quelques francs par semaine. C'est à peine s'il a de quoi se payer un repas lorsqu'il veut sortir rencontrer des amis. S'il rencontre son fils, il doit le faire en cachette par crainte de représailles. Et sa fille, il ne faut pas en parler. Elle ne peut plus rendre visite à son père, sauf si madame l'invite. Eh bien! La pauvre s'est mise à boire pour noyer sa peine. Il faut voir dans quel état elle est maintenant. C'est honteux que je te dis! Honteux!

« Je te jure qu'elle a des penchants de vieux comptables radins, rabougris et mesquins. Elle garde la mainmise sur tout et il ne faut pas croire qu'on puisse la duper. Elle connaît toutes les ruses. C'est elle qui paie les notes, touche les rentes, négocie les projets et conclut les marchés avec les vendeurs de toiles. Dès que les choses ne vont pas comme elle le voudrait, elle les accuse de vol. Elle accuse tout le monde de vol. Tu verras. »

— Est-ce qu'il arrive à maître Chagall de se plaindre ? demanda Irène.

— Non, il n'ose pas, mais parfois lorsque je lui porte son déjeuner, il me dit qu'il se sent comme un prisonnier dans sa propre maison.

9

Valentina

Au fil des médisances et des caquetages de la cuisinière, Irène découvrait peu à peu les origines de sa patronne.

— En 1950, à Londres, elle se trouvait comme on dit, dans la situation de femme solitaire entre deux âges, lui chuchota Charlotte. Elle avait fait un premier mariage blanc, car elle avait épousé l'amant de son frère pour éviter que les deux hommes, qui vivaient avec elle, soient sujets à des arrestations et à des procès. Après quelques courtes années, elle a choisi de divorcer.

* *

*

Un jour, Valentina avait surpris Irène en train d'examiner quelques anciennes photos dans des cadres sur les tables du salon, pendant qu'elle époussetait. Irène allait apprendre que derrière cette modiste élégante et mince à l'époque se cachait également une femme d'affaires aguerrie.

— C'est moi avec mon frère Michel. J'avais dix ans et lui n'avait que deux ans lorsqu'on nous a expulsés de la Russie, à la fin de la Grande Guerre. Nous avons d'abord été déplacés de l'Allemagne vers la France avec notre mère.

Ce n'est qu'au début de la Deuxième Guerre que lui et moi avons échoué finalement sur les côtes de l'Angleterre. Durant toutes ces années, je rêvais de changer de décor et de me tailler un jour « une vraie vie ». J'y suis enfin arrivée.

Elle passa sous silence qu'en arrivant à Londres, elle était déjà âgée de plus de quarante ans et vivotait depuis longtemps dans le dénuement complet. Il ne lui restait plus qu'à se réinventer. D'abord, elle transforma son apparence, affabula ses origines, adopta un nouvel accent, pour enfin se fabriquer un passé éclatant et fortuné. Avec le nom Brodsky, elle était devenue la fille d'un banquier et d'un conseiller municipal d'Odessa — un des hommes les plus riches de la ville.

Valentina reprit :

— Pourquoi ne pas ouvrir une petite boutique à Londres ? m'étais-je dit. Déjà chapelière, je pourrais toujours me débrouiller en couture et il n'est pas difficile de se faire payer pour parler chiffons. Les arts, la littérature et la politique, des domaines qui me passionnaient à cette époque, pourraient bien attendre.

« Par bonheur, le modeste héritage d'un vieil oncle arriva comme marée en carême. Ce coup de chance m'a permis de louer un espace à vitrines étroites, rue Oxford. Le décor se limitait à de grands miroirs au mercure constellés de petites taches noires où l'humidité avait rongé la fine couche métallique par endroits. Je les avais dénichés sur l'étal d'un brocanteur. Mais une fois la dorure des cadres dépoussiérée au linge doux et la saleté incrustée des moulures enlevée, ils brillaient comme s'ils venaient du château de Versailles. Mes dernières économies ont servi à engager deux menuisiers pour les suspendre. J'en ai profité pour faire installer au-dessus de la porte, à l'extérieur de mon atelier, une magnifique affiche où l'on pouvait lire en belles lettres noires et or le nom : *Geisha*. »

Irène lui sourit, se disant « moi aussi j'aimerais bien changer de décor ».

Valentina continua son récit tandis qu'Irène se hâtait de finir ses tâches, sachant que le récit deviendrait une saga si elle s'attardait.

— Ma galerie des Glaces pouvait désormais recevoir des dames ravies de s'examiner et de s'extasier devant le reflet de leurs nouvelles toilettes. De plus, j'avais aménagé deux salles d'essayage à l'aide de paravents à quatre cloisons. Ces écrans de beauté suggéraient une ambiance de boudoir. Composés de châssis d'ébène et agrémentés de panneaux de soie de Chine, ils s'harmonisaient parfaitement avec les couleurs du décor féminin. Jadis, ils avaient servi à se protéger des courants d'air et à créer un espace pour les moments d'intimité ou pour les intrigues d'affaires et de politique. J'espérais, selon la superstition, m'emparer de leur pouvoir et obtenir leur protection afin de détourner les mauvais esprits et éloigner les loups de ma porte.

— Est-ce qu'ils vous ont protégée ? demanda Irène.

— J'ai eu en effet beaucoup de chance. Si vous avez fini, Irène, vous pouvez disposer. Allez trouver Charlotte à la cuisine, elle a des courses à vous confier.

Valentina, maintenant installée derrière son bureau, s'affairait à ouvrir les lettres adressées à son mari. Elle s'adonnait machinalement à la tâche des centaines de fois répétée, mais son esprit était ailleurs. Elle revoyait les rayons d'une immense armoire, placée à droite de l'entrée de son salon de mode, où elle rangeait les taffetas caméléons, les cotons égyptiens, les crêpes de Chine, les velours de Gênes et les tweeds anglais trouvés dans les marchés aux puces. La pénurie de la soie, très prisée, en faisait un objet de convoitise difficile à trouver durant la guerre. Même les bas étaient devenus des objets de luxe. Pour imiter la couture des bas, les femmes appliquaient à l'éponge du fond de teint sur les jambes et tiraient une ligne droite au crayon à sourcils de la cheville au mollet, et jusqu'à la cuisse. C'était une pratique vulgaire que Valentina dédaignait parce que ces femmes demandaient à tout bout de champ :

« *Are my seams straight?* Est-ce que mes coutures sont droites ? »

Sur le long comptoir installé devant l'armoire, elle étalait les assortiments de tissus pour faciliter le choix des clientes. Derrière des rideaux, au fond de la boutique, se trouvait une salle aménagée pour tailler, coudre et presser ses créations. Le même espace lui servait d'appartement.

« C'est bien loin tout ça », se dit-elle. Pourtant, l'histoire de ce passé lointain se déroulait comme la pellicule d'un film projeté sur l'écran de sa mémoire.

* *

*

Peu de temps après l'ouverture, sa boutique fut envahie par une clientèle nombreuse de Londoniennes de tous les âges, soucieuses de la mode et voulant oublier la torpeur de la guerre. Ces femmes avides de nouveautés cherchaient à se refaire une beauté pour effacer les laideurs du passé. Ainsi, Valentina devint la coqueluche de Londres, la grande dame de la haute couture.

Comme l'argent se faisait rare partout, Valentina acceptait toutes formes de paiement : florins, shillings et parfois même des pièces de monnaie frappées sous le règne de la reine Victoria. Elle savait qu'elle pourrait les écouler sur le marché noir contre des denrées toujours rationnées comme le thé, le sucre, les bonbons et autres petites gâteries qu'elle s'offrait de temps en temps. Ainsi, le reste de la recette quotidienne servait à payer le loyer, l'électricité et les comptes d'un chauffage souvent inexistant. De plus, Valentina parvenait à faire des épargnes qu'elle allouait à l'achat du matériel nécessaire au bon fonctionnement de sa petite entreprise. Depuis longtemps, elle savait se priver et ne mangeait qu'un jour sur deux.

Tout à coup, le spectre d'un hiver particulièrement pénible lui revint.

Pendant quatre jours de décembre 1952, les Londoniens, habitués aux brouillards épais, se retrouvèrent à naviguer dans une ville fantôme, comme des aveugles. Une épaisse brume jaune, dans laquelle flottaient des particules de suie goudronnée, avait enveloppé la ville d'une nappe toxique. L'usage du charbon de terre, de piètre qualité, avait engendré ce nuage de gaz nocif. Pire encore, un anticyclone, sans un souffle de vent, plongea la cité dans une pénombre étouffante. Même la massive colonne de Nelson n'était plus qu'une silhouette spectrale dans cette ville ébréchée par les bombardements.

La conduite des rares automobiles était rendue impraticable. Presque tous les transports publics furent interrompus, à l'exception du métro. Pour comble de malheur, le service ambulancier cessa de fonctionner, contraignant les malades à se rendre à l'hôpital par leurs propres moyens. La nappe de brouillard, baptisée du nom de « soupe aux pois » par les habitants de Londres, se glissa à l'intérieur des grands bâtiments, entraînant l'annulation des concerts et des projections cinématographiques. Il était difficile de voir les comédiens sur la scène et les acteurs sur les écrans, tellement la visibilité était réduite. Les matchs de football en plein air subirent le même sort. Quatre mille personnes périrent, asphyxiées, et des centaines de milliers tombèrent gravement malades.

Par un heureux hasard, Valentina avait échappé à ce fléau.

Cette même année, une rencontre fortuite allait de nouveau transfigurer son destin. Au premier jour du printemps, la clochette de la boutique annonça l'arrivée d'une nouvelle cliente. Sur le seuil de la porte se tenait une femme dans la trentaine, assez jolie. Une amie l'accompagnait, on aurait dit deux sœurs tant elles se ressemblaient avec leurs yeux noisette et leurs cheveux bouclés aux reflets cuivrés, montés en chignon. Elles portaient toutes deux des tailleurs identiques aux tons de bitume.

Valentina s'était empressée de venir à leur rencontre.

— Bonjour, dit-elle de sa voix mélodieuse. Que puis-je pour vous ?

— Bonjour, madame Valentina, on m'a dit que vous pourriez me fabriquer une robe, dit la première en se tournant vers son amie qui fouillait dans son sac à main pour trouver une page glacée provenant d'un magazine de mode. Une robe comme celle-ci, précisa-t-elle, en offrant le feuillet plié en quatre que lui avait enfin remis son amie.

Valentina déplia la photo de la robe mythique de la princesse Elizabeth. L'image, vieille de cinq ans, montrait la future reine souriante et radieuse sous son diadème. Elle portait une robe de mariage conte de fées en satin ivoire, ornée de guirlandes mêlées de roses blanches de York fabriquées à partir de milliers de perles de culture. On y voyait des épis de maïs en cristal, des étoiles de fleurs d'oranger brodées, tulle sur tulle et satin sur tulle. Un voile de mousseline de soie lui encadrait le visage et une traîne de quatre mètres, comme un tapis de fleurs, complétait la tenue de la mariée.

— C'est cette robe que vous aimeriez, mademoiselle ?

— Oui, ou quelque chose de semblable, précisa la fiancée.

Ne voulant pas parler d'argent tout de suite, Valentina chercha à en savoir davantage :

— Et quand aura lieu l'heureux événement ?

— Au mois de janvier.

Valentina considéra le délai nécessaire pour satisfaire les conditions, puis dit :

— Compte tenu de la période de l'année, cela me donnera suffisamment de temps pour la conception, la coupe, le montage et les essayages. La cérémonie aura lieu le matin ou en après-midi ?

— En fin d'après-midi.

— Et une réception par la suite ?

— Oui, mon père veut une grande fête. C'est un romantique inguérissable. Nous nous attendons à plus de cent invités.

Valentina fit un calcul rapide avant d'ajouter :

— Et qui est monsieur votre père ?

— Quelle impolitesse de ma part, pardonnez-moi, madame, j'ai omis de vous dire qui je suis. Je m'appelle Ida Chagall. Je suis la fille de Marc Chagall, et permettez-moi de vous présenter ma meilleure amie, Ida Bourdet.

— Enchantée, dit Valentina en leur serrant la main à tour de rôle. Mademoiselle Chagall, votre père est un homme célèbre et un grand peintre que j'admire beaucoup.

— Vous l'avez déjà rencontré ?

— Non, jamais, mais je connais ses œuvres. Il y a deux ans déjà, j'ai eu la chance d'assister au dévoilement de ses deux murales : *La danse* et *Le cirque bleu* au théâtre

Watergate, un lieu expérimental pour tous les arts. Je suis originaire de la ville d'Odessa. Vous savez, pour moi, les œuvres de votre père reflètent notre vie dans la Russie blanche. Elles sont illuminées des images de l'enfance heureuse qu'il a sans doute connue dans sa petite ville de Vitebsk. Ses chefs-d'œuvre nous touchent profondément, par le fait que nous avons tous connu tant de déracinements. Peut-être vous aussi d'ailleurs ? Oh ! Pardonnez-moi, je ne voulais pas tirer de l'oubli un passé douloureux.

Tout à coup, Valentina se rappelait avoir lu dans les journaux, quelques années auparavant, que la mère d'Ida était morte à New York d'un virus. Elle n'avait survécu que deux jours après son hospitalisation, faute de médicaments.

— Ne vous en faites pas, madame Valentina, répondit Ida. On ne s'écarte jamais tout à fait de nos mauvais souvenirs d'enfance. Ils s'attachent à nous et nous poursuivent comme des spectres, hantant notre vie adulte. Je suis née dans le petit village de mon père. Notre famille a voulu fuir la persécution, comme vous sans doute. Nous avons vécu en exil en Amérique, mais mon père voulait absolument rentrer en France. Il se plaignait du fait que dans la forêt de l'art américain, il n'entendait pas son écho.

Valentina resta pensive quelques instants pour ne pas bousculer sa nouvelle cliente, mais elle voulait tout de même revenir à ses moutons.

— Il faut maintenant penser à la nouvelle vie pleine de promesses et de bonheur qui vous attend… Pour votre robe… mademoiselle Chagall… vous savez que la soie est difficile à trouver ?

— Mon père ne lésinera pas sur le prix.

— Et vous devrez revenir pour au moins deux essayages.

— Je serai là à l'heure et à la date qui vous conviendront.

— Vous viendrez chercher la robe lorsqu'elle sera prête ou vous voulez que je la fasse livrer ?

— En fait, je souhaiterais vous inviter à mes noces, madame Valentina. De cette façon, vous apporteriez la robe et vous pourriez m'habiller, puisque je n'ai ni sœur ni mère pour m'aider. Ida, comme dame d'honneur, aura déjà trop à faire en préparation pour le grand jour.

— Quelle excellente idée ! Et un honneur pour moi de vous servir d'habilleuse. S'il y a des petites retouches, je pourrai m'en occuper tout de suite. Où aura lieu la cérémonie ?

Ida Bourdet répondit :

— Sur la péninsule de Saint-Jean Cap Ferrat, près de Nice, dans les jardins et la villa de la baronne Béatrice Ephrussi de Rothschild.

Valentina resta coite, le souffle coupé. Après un moment, elle arriva à murmurer :

— Celle qui fait partie des grands collectionneurs de son époque ?

— Oui, c'est son frère cadet qui a eu la gentillesse de nous offrir ce lieu pour la cérémonie ; il en a hérité. La baronne n'avait aucun descendant. Aujourd'hui, l'Académie des beaux-arts en a la responsabilité, précisa Ida Chagall.

Valentina s'imaginait les jardins somptueux et les eaux limpides et turquoise de la Méditerranée. Elle sentit une chaleur lui monter de la poitrine. Sa gorge et ses joues devinrent écarlates. Elle sortit de sa manche un mouchoir de dentelle pour se tamponner le front, les tempes et la lèvre supérieure. Les deux Ida crurent que la bouffée de chaleur incommodant la pauvre femme était symptomatique de sa ménopause.

— Oh! pardonnez-moi, balbutia la couturière. C'est l'émotion à l'idée de revoir la mer et ce coin de pays. Enfant, j'y passais plusieurs mois dans la villa de mes parents. Ah! Mais c'est bien loin tout ça…

Elle reprit de nouveau ses esprits.

— Mademoiselle Chagall, si vous le permettez, je vais prendre vos mesures.

Valentina se précipita pour sortir du tiroir de son comptoir un crayon et un petit calepin qu'elle remit à Ida Bourdet, avec des instructions précises :

— Veuillez bien noter toutes les mesures que je dirai.

Puis, elle prit la main de sa nouvelle cliente, Ida Chagall, pour la guider devant la glace, qui montait du parquet au plafond.

— Venez vous placer là. De cette façon, vous pourrez bien voir ce que je fais, tout en me décrivant votre trousseau.

Valentina tira le galon drapé sur ses épaules. Elle prit la mesure du cou, du dos, de la poitrine, des bras, du poignet, de la taille et des hanches de la fiancée, en s'assurant de répéter chaque nouvelle mesure au moins deux fois, tandis qu'Ida Bourdet notait nerveusement tous les chiffres en les répétant à voix haute, de peur de faire erreur. Valentina écoutait d'une oreille distraite les propos décousus de la jeune femme.

— Mon père m'a offert un service de vaisselle… qui porte mon nom… créé avec son ami Picasso. Papa a rehaussé chaque pièce… de dessins en bleu outremer, une couleur omniprésente dans ses tableaux… Il partage en poésie imagée sa tendresse, sa fantaisie et son humour… à travers les thèmes qui lui sont chers : la femme, le couple, les fleurs, le cirque et, bien sûr, les animaux.

Une fois les mesures prises, Valentina sentit le besoin de se calmer les esprits et d'en apprendre davantage sur la situation familiale de la jeune fiancée. Elle invita les deux Ida à prendre le thé avec des *crumpets*, une petite pâtisserie faite de farine et de levure comme une minuscule crêpe moelleuse et épaisse.

Les deux Ida se consultèrent du regard et Ida Chagall répondit :

— Malheureusement, nous avons encore plusieurs courses à faire et nous devons prendre le train en fin d'après-midi pour ne pas manquer le ferry de Douvres à Calais.

La modiste les raccompagna jusqu'à la sortie et leur souhaita, en russe cette fois, de faire bon voyage et de revenir bientôt :

— *Schastlivogo puti i do svidaniya.*

Derrière la porte close de sa boutique, Valentina s'émerveilla de cet heureux coup du sort.

« Il faut croire, pensa-t-elle, que je suis de ces femmes qui ont de la chance. »

* *

*

Ce jour-là, après la fermeture de sa boutique, la couturière se rendit au dépôt de surplus de l'armée. Elle trouva quatre parachutes de soie de la *Royal Air Force*. Des semaines durant, chaque soir, au fond de sa boutique, après le départ de la dernière cliente, elle s'installait à sa table de travail pendant des heures. Elle défaisait tous les panneaux, séparant toutes les cordes. Ainsi elle aurait du fil qui servirait plus tard pour coudre la robe complètement à la main.

En préparation, elle fit des douzaines de croquis à partir d'illustrations trouvées chez un marchand de livres rares et usagés. L'inspiration lui vint de trois tableaux de Chagall : *La fiancée de la tour Eiffel, Les trois bougies* et *La mariée à l'éventail.*

10

La robe de la mariée

Valentina confectionna une robe à taille empire, à encolure bijou, avec des manches longues Juliette recouvertes d'une mousseline de soie. Elle décida que le voile cathédrale serait fixé sur la tête de la mariée avec une couronne florale. À la taille, une traîne du même style, viendrait compléter cette robe féerique. «Et les fées, se dit-elle en travaillant, tirent du fuseau le fil de la destinée.» Elle y apporta la touche finale en décorant minutieusement le bustier et le panneau du devant de magnifiques broderies et de perles.

* *

*

Pour le premier essayage en juillet, Ida Chagall revint sans son amie, au jour et à l'heure prévus. Valentina l'accueillit chaleureusement et alla tout de suite chercher une énorme enveloppe blanche qu'elle étala sur son comptoir. Elle avait pris soin de dissimuler la toilette de la mariée dans une housse de coton, à la fois pour la protéger et la masquer aux yeux de la jeune femme.

Ida ne tenait plus en place.

— Avant de vous demander de vous déshabiller, je voudrais vous expliquer la méthode que j'ai suivie pour créer votre robe.

Valentina voulait étirer le suspense encore un peu avant de dévoiler sa création. Elle lui montra les croquis inspirés des trois tableaux.

— Oh! Madame Valentina, c'est le plus beau cadeau qu'on puisse me faire. Maman a assisté à mon premier mariage, vous savez, j'avais à peine dix-neuf ans. Ce n'était pas un mariage heureux. J'étais enceinte. J'étais la honte de la famille. Un mariage forcé n'est jamais harmonieux.

Ida omit de lui dire que son père avait exigé qu'elle se fasse avorter.

— Je suis d'accord avec vous là-dessus. Il faut faire un mariage d'amour.

— Vous savez, lorsque maman est morte, dix ans plus tard, nous étions en exil aux États-Unis. Papa est venu vivre avec mon mari et moi, pendant presque un an. Il avait complètement cessé de peindre. Il tournait tous ses tableaux face contre le mur. Il disait qu'il ne reconnaissait plus le monde dans lequel il vivait. Il était une âme en peine. Je croyais qu'il allait mourir de chagrin.

— C'est terrible de perdre ceux qu'on aime.

— Oui, mais il faut essayer d'oublier et refaire sa vie. Tout ce que je veux maintenant est ma part de bonheur. Je veux réussir ce deuxième mariage et cette magnifique robe sera mon porte-bonheur, à l'image de celle que ma mère a portée le jour de ses noces.

— Allez l'enfiler; il faudra sans doute faire quelques ajustements mineurs selon vos mesures, si nécessaire. Je vais épingler au niveau de la poitrine, de la taille, des hanches, sans oublier la longueur de devant.

— Je serai comme un hérisson.

Valentina se mit à rire et se hâta de suspendre la housse qui contenait la robe derrière un des paravents.

Ida se déshabilla, sortit la robe et revêtit le chef-d'œuvre que Valentina lui avait façonné à partir de la soie des parachutes. Devant la glace, la jeune femme retenait son souffle, sidérée par la vision qui s'offrait à elle. Tellement émue, elle ne voulait plus bouger et, tout à coup, elle fondit en larmes.

— Vous ne l'aimez pas ? demanda la couturière perplexe.

— Non, au contraire, c'est de la pure magie ce que vous avez réussi à faire. Vous avez de véritables doigts de fée.

Valentina lui offrit son mouchoir de dentelle et s'affaira à piquer le tissu pour faire les dernières modifications à la robe de la future mariée.

— Allons, essuyez vos larmes. Voilà, c'est fait. Je vais vous aider à l'enlever pour que les épingles ne vous déchirent pas la peau.

— Madame Valentina, viendriez-vous dîner avec moi ce soir ?

— Oui, avec plaisir.

— En tête-à-tête, nous pourrons faire plus ample connaissance. Venez me rencontrer au Savoy. Disons vers 19 h.

Une fois la robe suspendue dans la salle de couture, Valentina, pleinement satisfaite de sa journée, ferma boutique plus tôt que d'habitude. Elle s'offrit une tasse de thé royal fait à base d'anis étoilé pour ses soi-disant propriétés rajeunissantes. Par la suite, elle fit sa toilette et choisit de porter sa plus belle robe, une de ses créations en soie damassée, bleu cobalt, à taille cintrée et jupe Carole, en vue de la soirée qui l'attendait. S'examinant dans la glace, elle fit une pirouette.

«Pas mal! Je pourrais encore plaire», observa-t-elle. Elle ajusta une mèche rebelle, se poudra le visage, pigmenta son sourire et ses joues et rangea son compact et son bâton de rouge à lèvres à étui d'argent dans son sac à main en peau de crocodile véritable. Elle glissa ses mains dans de longs gants de chevreau, souples et doux au toucher, et se coiffa d'un chapeau en fine paille caramel, enveloppé d'une voilette du même ton. Elle jeta un dernier coup d'œil à sa toilette et verrouilla la porte.

Dans la rue, devant sa boutique, elle héla un taxi noir.

II

Tête-à-tête

Valentina entra à l'hôtel du côté nord de l'édifice, par la
rue Strand. Dans le grand restaurant du Savoy, Ida était
déjà installée à la table qu'elle avait choisie près des grandes
vitrines offrant une vue sur la Tamise. Elle attendait l'arrivée
de son invitée. À l'entrée du restaurant, Valentina informa
le maître d'hôtel qu'elle était attendue. Il vérifia sa liste et
la conduisit d'un pas vif à la table réservée pour l'occasion.
À distance, Valentina observa pendant quelques secondes
sa nouvelle cliente, avant que celle-ci ne lève les yeux du
menu qu'elle étudiait. Dans cette ambiance, elle fut frappée
par la beauté de la jeune femme et la ressemblance entre
la fille et les images que Chagall avait créées de sa mère
Bella. Un sentiment de colère contenue fit blêmir la peau
des joues poudrées de Valentina. Elle cherchait par tous les
moyens d'apaiser le ressentiment qu'elle avait pour celles
appartenant au clan des mondaines de la côte. Fortunées,
elles avaient l'habitude d'être vues et d'avoir l'univers à portée de main. Ce qui la vexait, chez Ida, était le fait qu'elle
semblait inconsciente des avantages que lui accordait son
héritage, alors qu'elle avait dû se débattre pendant toutes
ces années pour gagner chichement sa vie et survivre tant
bien que mal.

En apercevant son invitée, Ida se leva pour lui donner la main et la complimenter sur sa mine et son élégance.

— Que je suis contente de vous revoir.

— C'est tellement gentil de m'avoir invitée à dîner avec vous. Quel endroit somptueux !

En s'installant à la table, Valentina aperçut une bouteille de Meursault déjà bien entamée dans le seau à glace posé sur le guéridon près de la table.

— Je suis contente que vous ayez accepté mon invitation, répliqua Ida.

— Tout le plaisir est pour moi.

Valentina consulta le menu quelques secondes avant de dire :

— Vous semblez bien connaître l'endroit. Je vous fais confiance et je vous laisse commander le repas.

Ida fit signe au serveur de remplir les verres. Elle commanda à la carte la coquille Saint-Jacques, le bœuf Wellington et du vin pour accompagner chacun des plats.

Avec quelques verres dans le nez, Ida se confia ; Valentina écoutait.

— Lors de ma première visite à votre boutique, nous étions à court de temps et Ida Bourdet voulait rentrer à Paris. Elle déteste la pluie et les brumes londoniennes. Cette fois, j'ai choisi de venir seule. D'abord pour mieux faire connaissance et parce que j'avais d'autres questions urgentes à traiter.

Ida prit une nouvelle gorgée de vin et ajouta :

— Cet après-midi, lors de l'essayage, je vous ai dit que je craignais que papa allait mourir de chagrin après le décès de maman. Nous vivions à New York à cette époque. En famille, nous étions allés en vacances dans le parc des Adirondacks. Quelques jours après notre arrivée, maman se plaignait d'un mal de gorge. Elle était fiévreuse et fut hospitalisée dans une clinique de la région. Les médecins nous ont dit qu'elle souffrait d'une angine streptococcique. Faute de médicaments, en raison des pénuries de la guerre, maman n'a pas reçu les soins qu'il lui fallait. Elle est morte quelques jours plus tard.

— C'est terrible. Vous m'avez dit que votre père est venu vivre avec vous après le décès de votre mère.

— Pendant plus d'un an, il était comme une âme perdue. Pour lui changer les idées, je le forçais à faire des sorties avec moi. Lors d'un vernissage à New York, une amie m'a présenté Virginia McNeil. Nous avions le même âge et je l'ai trouvée intéressante. Elle était la fille d'un diplomate anglais. Elle avait beaucoup voyagé et parlait couramment le français. Son mari était un peintre ou un poète raté, je ne me souviens plus, qui souffrait de dépression et d'alcoolisme. Avec une petite fille de cinq ans à nourrir, Virginia avait désespérément besoin de travail. Je l'ai engagée pour venir repriser des bas pour papa et je l'ai convaincu de l'engager comme gouvernante. Peu de temps après, il s'était remis à peindre et tout semblait rentrer dans l'ordre. Quelques mois plus tard, pendant des vacances que nous avions prises tous ensemble à Sag Harbor, j'ai surpris Virginia qui sortait de la chambre de mon père en pleine nuit. Je ne vous donne pas tous les détails, mais quand je suis venue vous trouver ce printemps, Virginia venait tout juste de le quitter pour rentrer en Angleterre avec les enfants, après sept ans de vie commune.

— Avec les enfants? Je croyais qu'elle n'avait qu'une fille.

Le serveur apporta le premier plat et Valentina, pendant ce moment de silence, contempla la nourriture dans son assiette avec une vive satisfaction. Après la première bouchée, elle fit signe à son amie de reprendre le fil de son récit.

— Virginia et mon père ont eu un fils naturel. Il ne l'a jamais épousée, mais la considérait comme sa femme. Je suis venue à Londres la rencontrer, espérant lui parler d'une réconciliation possible avec papa.

— Et elle a refusé de vous recevoir.

— Comment l'avez-vous deviné ?

— J'ai quelques années de plus que vous et je suis une femme. Si on quitte le pays de son amant, c'est qu'on veut couper tous les ponts.

— Vous comprenez, c'est impossible pour lui de vivre seul et il adore son fils. Je crains de le voir sombrer dans la mélancolie comme avant. Mais, je ne peux pas toujours être là, à lui obéir au doigt et à l'œil. Je veux rebâtir ma vie et avoir des enfants.

— C'est tout naturel. Votre père n'a jamais cessé d'aimer votre mère, n'est-ce pas ?

— Il disait qu'elle était ses yeux, sa vie et son souffle. Lorsqu'il travaillait sur ses dessins et ses tableaux, elle venait lui apporter des gâteaux et du lait dans son atelier. Il a écrit : « Je n'avais qu'à ouvrir la fenêtre de ma chambre pour que l'air azur, l'amour et les fleurs entrent avec elle. » Je crois que Virginia s'est toujours sentie menacée par le spectre de cet amour profond.

— Elle voulait peut-être obtenir de lui cette passion et cette tendresse qu'il exprimait si bien dans les tableaux qu'il a peints de votre mère ?

— Je ne cherche plus à comprendre. Tout ce que je veux, c'est réussir ce deuxième mariage et porter la magnifique robe que vous m'avez confectionnée.

En prenant le café, Valentina caressait déjà le rêve de combler le vide dans la vie du pauvre homme.

Avant qu'elles ne se quittent, Ida fit de nouveau promettre à Valentina qu'elle assisterait à son mariage.

— Vous n'avez pas le choix. J'ai déjà fait les réservations pour vos billets de train et pour votre hôtel à Nice.

Dans le foyer de l'hôtel, Ida, titubant sur ses maigres jambes, prit l'ascenseur pour monter à sa chambre. Valentina fit appeler un taxi pour retourner à sa boutique et à son modeste logis. Cette nuit-là, elle fit déjà, dans sa tête, un dessin minutieux des toilettes qu'elle porterait pour les festivités du mariage au bord de la mer.

12

La noce

Nice, janvier 1952

Sur la liste des conviés, le nom « Valentina » se trouvait parmi les invités d'honneur. Pour l'occasion, elle s'était dessiné un magnifique tailleur haute couture, en taffetas de soie émeraude. Le tissage régulier de cette étoffe lui donnait un aspect craquant comme du papier. Elle avait confectionné la jaquette trois-quarts avec basque plissée s'épanouissant sous l'empiècement à la taille, structurant joliment la ligne du devant et du dos, tout en accentuant la courbe de ses hanches. Le blazer, près du corps et légèrement cintré, se parait d'un col à revers et d'une jupe fuseau longueur cock-tail. Elle ajouta des poches dans les coutures de côté, pour pouvoir y glisser les mains. Au cours de la confection de ce vêtement luxueux, elle veilla aux proportions, à son équi-libre et à la façon dont il épousait les lignes de son corps, afin de montrer à la perfection tous ses attributs.

Elle avait choisi la couleur émeraude, parce qu'elle l'associait à la nature, synonyme d'oasis et de paradis. « Et les jeux d'argent, ne s'organisaient-ils pas sur une table tapissée de vert ? » se disait-elle, entrevoyant son jour de chance. Elle espérait piper les dés, en tâchant d'avoir tout les atouts en main. Au départ, cette expression voulait dire contrefaire la voix des oiseaux pour les attirer. Valentina avait brassé les cartes en sa faveur et elle espérait avoir misé sur le bon numéro lorsqu'elle avait appris en conversation avec Ida que le vert avait été la couleur préférée de Bella, sa mère défunte.

Elle savait aussi que l'amour et la chance jouent dans la même cour et ont les mêmes limites. Il ne faut pas trop leur en imposer. Si on exige trop d'eux ou si on les pousse à bout, ils s'écroulent sous le poids de la demande ou de l'espoir.

*   *

*

Valentina arriva à Nice trois jours avant la cérémonie. En plus de ses bagages, elle avait apporté la robe de la mariée précieusement emballée et enrubannée dans une boîte de carton noir et or, portant sa griffe. Elle voulait se familiariser avec cette magnifique ville historique, bordée par la baie des Anges et protégée des vents par son amphithéâtre de collines. Mais le temps y était maussade.

Les pluies diluviennes et les orages violents du début janvier s'étaient dissipés, en raison de la température encore très chaude de la Méditerranée jusqu'au début de l'hiver. Le sirocco, transportant parfois une légère vague de chaleur, du sable saharien et des criquets pèlerins ravageurs de culture, s'était à son tour essoufflé.

La modiste profita de l'occasion pour se payer de petites vacances. Le père d'Ida avait déboursé le gros prix pour la robe et lui avait offert, par la même occasion, les billets aller-retour pour la traversée de la Manche et une couchette à bord du Calais-Méditerranée-Express.

Pour sa nouvelle amie, Ida avait réservé une chambre au Negresco, sur la Promenade des Anglais. Dans cet ancien hôtel luxueux, les vedettes américaines se frottaient aux souverains de l'Ancien Monde. Sa clientèle internationale et resplendissante lui rappelait la Belle Époque. Dans ce lieu, l'atmosphère évoquait, de par son luxe et son histoire, la somptuosité d'une salle de bal. C'était sans doute à cause des éclairages et de la vision des gens chics qui s'y croisaient, laissant dans leur sillage l'ombre de leur parfum, l'éclat de leurs bijoux et l'image parfaite de leurs robes élégantes et de leurs smokings impeccables. Les salons bruissaient de conversations légères ou de musique vivante et douce.

La perfection s'y trouvait d'instinct. Et les clients, à la recherche du plaisir, bénéficiaient d'une attention de tous les instants de la part du personnel de l'hôtel.

De sa chambre, Valentina voyait les humeurs changeantes de la mer et, le matin venu, elle avait marché au bord de la plage sur plusieurs kilomètres. Après le déjeuner, elle se plaisait à explorer pendant des heures les rues étroites et tortueuses de la vieille ville, à visiter les musées, à errer sur le port ou à fouiller les marchés. Le tissu urbain qui avait dû s'adapter à ce territoire accidenté la fascinait.

*   *

*

Tout juste deux jours avant le mariage, le téléphone sonna dans la chambre de Valentina.

— Votre suite vous plaît ?

Valentina reconnut tout de suite le timbre enjoué d'Ida.

— Elle est ravissante.

— Vous me pardonnerez de ne pas être venue vous accueillir à votre descente du train. Je ne sais plus où donner de la tête. Il y a encore tellement à faire chez les fleuristes, les pâtissiers et les traiteurs, tant de petits détails de dernière minute. Et, depuis hier, plusieurs de ses amis ont pris mon père d'assaut. Ils occupent tous les coins de la maison, de l'orangeraie à son studio et notre cuisinière, Charlotte, menace de démissionner. Jusqu'à Virginia qui s'est présentée : elle est revenue faire belle figure devant tout le monde !

— Je peux venir vous prêter main-forte, offrit Valentina qui venait d'éprouver un pincement de jalousie en entendant la dernière nouvelle.

— Demain, peut-être. Ce soir, il y a un grand dîner à l'Auberge des Seigneurs, au Château de Villeneuve. J'envoie le chauffeur vous prendre à vingt heures. Il y aura foule et les artistes sont des couche-tard.

— Une femme avertie en vaut deux, répliqua Valentina qui se mit à rire de bon cœur.

*   *

*

En entrant dans le restaurant, Valentina se sentit tout de suite à l'aise parmi ce groupe cosmopolite d'artistes et de poètes polyglottes. Des bribes de conversations en russe, en français, en yiddish et en anglais lui parvenaient de tous les coins de la salle, où les invités sablaient le champagne.

Ida vint la trouver, l'embrassa, et lui offrit une coupe de vin mousseux.

— Ne bougez pas, je reviens tout de suite.

Sans tarder, elle alla chercher son père en pleine conversation avec Picasso et Matisse.

— Papa, je t'enlève à ces messieurs, dit-elle, en glissant son bras sous le sien.

— Tout tourne autour d'elle comme les planètes autour du soleil, impossible de lui résister, proféra Chagall en guise d'excuse auprès de ses grands amis, tout en se laissant entraîner par sa fille.

— Viens, j'ai une surprise pour toi, lui chuchota-t-elle à l'oreille.

Valentina avait presque vidé sa flûte lorsqu'elle vit son amie s'approcher au bras d'un homme dans la soixantaine avancée. Il avait les cheveux gris, ébouriffés, se dressant en trois touffes sur sa tête comme s'il portait une perruque de clown.

— Papa je voudrais te présenter ma nouvelle amie. C'est elle qui a conçu ma robe de noce.

Elle lui expliqua, en russe, comment la couturière s'était inspirée de ses tableaux.

Chagall fut tout de suite séduit, car Valentina répondit à son tour en russe.

— Maître, je ne suis que l'artisan qui discerne et qui choisit, mais ce sont vos œuvres qui ont insufflé vie à ce projet.

— Je ne suis pas un maître. Je suis un centimètre, répliqua Chagall, arborant un large sourire, montrant tout le charme dont il était capable.

Les deux femmes s'esclaffèrent.

— Puisque vous aimez bien mes tableaux suivez-moi, nous allons visiter une autre aile du château, où se cache quelque chose qui vous plaira. Ida, si tu veux bien nous excuser.

Pour taquiner sa fille, il lui conseilla de ne pas laisser son fiancé languir seul trop longtemps, au risque de se le faire voler.

Empruntant un des escaliers menant à l'étage supérieur, Chagall mena sa compagne dans un dédale de longs corridors.

— Vous savez, madame, cette résidence seigneuriale fut construite au XVIIe siècle. Elle est attenante à la tour de garde qui, elle, date du XIIe siècle, et fut longtemps la demeure des seigneurs de Villeneuve.

— Cette partie est abandonnée depuis longtemps?

— Je dirais plutôt négligée. Mais on parle d'engager un architecte pour sa restauration et d'offrir aux artistes de la région un espace lumineux pour des expositions temporaires. Qui sait, il pourrait aussi servir de lieu de rencontres, d'ateliers ou même de résidence pour les artistes de passage.

Il sortit de la poche de sa veste une clé ancienne et ouvrit la porte d'un vaste salon nu. La pièce ne renfermait que d'immenses toiles, ainsi que tout le matériel des travaux préparatoires à un projet de grande envergure. Les premiers traits de crayon montraient qu'il travaillait sur un thème biblique. Ses sujets de prédilection étaient les prophètes Daniel avec les lions, Abraham avec les trois anges et la sagesse du roi Salomon.

Valentina en eut le souffle coupé.

— Vous... travaillez ici... depuis longtemps?

— Ce n'est qu'un arrangement temporaire. Il n'y avait pas assez d'espace dans mon studio de la villa *Les Collines*.

— Vous préparez une nouvelle exposition?

— Non, je travaille sur un décor pour la chapelle du Calvaire de Vence. À l'instar de Matisse, avec sa chapelle du Rosaire et de Picasso dont les panneaux de *La Guerre et la Paix* seront exposés dans le vestibule de la chapelle du château de Vallauris, je ne peux me reposer sur mes lauriers. Vous savez, la concurrence est féroce entre nous.

Valentina lui sourit.

Curieux d'en connaître plus sur sa compagne, Chagall lui demanda :

— J'ai remarqué que vous parlez le russe comme les gens de mon village ?

— Je suis née à Odessa, répondit Valentina. Mais j'ai grandi à Minsk.

— Au fait, Ida n'a pas mentionné votre nom.

— Je m'appelle Valentina Grigorievna Brodskaïa.

Pour Chagall, ce nom était synonyme de noblesse, celui des nababs du sucre. Les Brodsky pouvaient se payer des villas et des tableaux de Tintoretto, tandis que son père transportait du hareng dans un dépôt. Ce nom de famille, parmi les juifs de Russie comme lui, avait la même résonance que celui des Rothschild dans l'Ouest. Il venait de succomber au charme de Valentina Grigorievna Brodskaïa. Il l'imaginait déjà sage, généreusement douée et bonne femme d'affaires. Sa fille avait déjà vanté les qualités de la modiste et décrit son commerce dans les moindres détails. Il voulait trouver moyen de la retenir.

* *

*

Le jour du mariage, Chagall était nerveux comme un adolescent qui vivait sa première aventure de vacances. Il vint trouver sa fille pour l'accompagner devant le rabbin. Pour lui, Valentina arrivait au moment où survenaient dans la vie du pauvre homme de nouveaux grands bouleversements. Ida le quittait pour se marier une deuxième fois et Virginia Haggard, sa conjointe de fait, l'avait déjà quitté pour un autre. Quant à Valentina, dans son magnifique tailleur de taffetas émeraude, dans les rangs du cortège, elle espérait remplacer à tout jamais les femmes qui avaient habité l'imaginaire et le cœur de l'artiste.

* *
*

Au cours de la réception, sur le balcon de la villa Ephrussi, la modiste protesta lorsque Chagall lui fit une proposition qu'elle feignait de devoir refuser.

— Cela va coûter une fortune si vous voulez que je fasse régulièrement la navette entre Londres et Paris!

— Ne vous en souciez pas pour l'instant, ce sera là un petit cadeau de ma part.

— C'est hors de question, maître, et puis il n'y a aucune raison.

— Mon Dieu, soupira le vieil homme. Pourquoi faut-il toujours trouver une raison pour chaque chose?

— Votre fille n'acceptera jamais cet arrangement.

— Il faudra trouver un prétexte… Ça y est, j'ai trouvé! Vous allez venir travailler comme ma secrétaire.

— Et ma boutique?

— Nous allons trouver quelqu'un pour en prendre la relève. Voyez-vous, continua-t-il pour empêcher Valentina de s'opposer de nouveau à ce plan qu'il trouvait génial, vous parlez parfaitement l'anglais, une langue que j'ai refusé d'apprendre aux États-Unis. J'ai mis trente ans à apprendre un mauvais français. Je n'allais pas faire de même pour la langue de Shakespeare. En plus, j'ai de nombreux clients en

Amérique, alors j'ai besoin que vous soyez mon interprète pour toutes les négociations. Si toute vie va inévitablement vers sa fin, ne devons-nous pas, durant ce qu'il nous reste de la nôtre, l'illuminer avec nos couleurs de l'amour et de l'espoir? Je vous en supplie, Valentina. Dites oui.

* *

*

Aux premières lueurs du jour, Valentina prit le train, seule, laissant derrière elle les collines radieuses de la Méditerranée. Elle rentrait retrouver les berges mornes et cafardeuses de Londres.

13

Le taupier

Paris, 1984

La sortie du mercredi offrait à Irène son unique distraction de la semaine. Le plus souvent, elle se rendait dans le Marais, au Marché des Enfants-Rouges, faire les courses pour madame, à la place de Charlotte. La cuisinière, toujours à bout de souffle, se plaignait de ne pouvoir s'y rendre. Ses courtes jambes en tréteau supportaient mal son corps trapu et ventripotent. Si elle devait marcher de grandes distances, ses cannes, comme elle les appelait, lui causaient des douleurs atroces au dos, et ses pieds en compote enflaient comme ceux d'un cheval atteint de fourbures. Tout effort physique excessif était suivi de sifflements et d'une respiration haletante et saccadée et toute activité soutenue déclenchait une crise qui risquait de l'étouffer. La pauvre pouvait encore moins porter des sacs pleins d'épicerie.

La cuisine était son sanctuaire et, au fil des années, elle avait appris tous les secrets de la gastronomie et perfectionné ses plats pour en faire des délices. Du fait qu'elle était sans pareille, Valentina la gardait à son service, bien qu'elle mangeât plus que l'équivalent de son salaire du mois.

Un de ces mercredis, Charlotte envoya Irène faire les emplettes et lui acheter des artichauts. Les Chagall recevaient à dîner Marguerite et Aimé Maeght, leur galeriste et compagnon de route.

*   *

*

Devant l'étalage de légumes, Irène demeurait perplexe, ne connaissant rien de cette plante potagère dont on consomme le bourgeon floral. Elle ignorait tout du rituel de la préparation à la dégustation de cette épine de la terre. En l'examinant, elle imaginait qu'il lui écorcherait les lèvres en plus de lui piquer et lui lacérer la langue. Personne ne lui avait enseigné comment déguster l'artichaut. Elle ne savait pas qu'il fallait, après une cuisson à la vapeur, tirer sur chaque feuille pour la dégager et la porter à la bouche en croquant la partie tendre avec les dents. À ses yeux, la plante mystérieuse ressemblait à un gros chardon dur. Si elle avait eu le malheur d'offrir ce plat à son mari, il le lui aurait sûrement jeté à la figure.

Elle n'osa pas questionner le marchand sur ses produits. Plus que tout, elle tenait à cacher son ignorance. Sur le point d'abandonner, elle entendit un homme à ses côtés, qui faisait semblant de se choisir des légumes, lui dire :

— Fort heureusement pour nous, c'est la saison pour ce charmant légume : à partir de février jusqu'au mois de mai. Il est préférable de choisir un artichaut lourd, aux feuilles bien fermées. Ne croyez-vous pas ? Vous voyez comme celui-ci, lui dit l'étranger en lui en offrant un.

D'une homosexualité affichée et frôlant les cent cinquante kilos, l'homme, aux yeux vert printemps, dans la quarantaine, aurait eu du mal à passer inaperçu.

Irène lui sourit en guise de remerciement.

— Vous me sauvez la vie. Je n'y connais rien.

— Alors pourquoi les achetez-vous ?

— C'est pour ma patronne.

— Et qui est votre patronne ?

— Madame Chagall.

— Vava Chagall ?

— Vous la connaissez ?

— Qui ne la connaît pas ? dit-il en riant d'un bon gros rire.

— Mais c'est lui qui est le peintre célèbre, précisa Irène.

— Oui, vous avez raison, mais tout doit passer par elle, à ce qu'on dit.

Irène opina de la tête.

— Raison de plus pour bien choisir, continua-t-il. Il ne faudrait pas la contrarier. Laissez-moi vous aider.

— Je veux bien.

— Alors, regardez. D'abord, ils doivent être lisses et cassants sous la pression des doigts.

À la grande surprise d'Irène, il prit sa main dans la sienne, pour lui faire toucher l'artichaut, avant de reprendre ses explications.

— Selon la variété, les feuilles doivent avoir une couleur allant du vert tendre au violet, et il est préférable d'éviter les artichauts dont les feuilles sont picotées de noirs.

— Oui, je vois ce que vous dites.

— Maintenant, à vous de les choisir.

Irène en choisit huit, comme l'indiquait la liste de Charlotte. Quatre pour les invités et quatre pour la cuisinière, à moins qu'Irène veuille en faire l'essai.

— Avez-vous d'autres courses à faire ?

— Oui, je dois passer chez le boucher, le boulanger et le fromager.

— Vous allez dans quelle direction ?

— Je dois me rendre à l'île Saint-Louis.

— Ça vous fait un bon bout de chemin pour trimballer tous ces paquets. Vous avez de la chance, je travaille à mon compte et je venais tout juste de prendre ma pause. J'étais venu au marché pour m'acheter quelque chose pour le dîner. Si vous voulez, je peux vous aider à transporter vos sacs.

— C'est gentil de votre part.

— Jean-Luc Verstraete à votre service, ma petite dame. Mais, tous mes amis m'appellent Yann.

Sur le chemin du retour, Irène découvrit qu'ils avaient une origine commune : le Nord-Pas-de-Calais. Lui venait d'Halluin et leur village se ressemblait. Pour la faire rire, il lui fit la description de son métier de taupier avant de devenir courtier d'œuvres d'art.

— La taupe n'hiberne pas, vous savez, elle est active toute l'année. Elle creuse des galeries et tisse une véritable « toile d'araignée » sous terre. Toute la journée, elle tourne dans ces galeries qu'elle a creusées pour manger des vers de terre, qui composent presque entièrement son régime alimentaire. C'est aussi un animal solitaire : dès que les petits sont adultes, elle part explorer pour établir un nouveau territoire de chasse dans votre jardin ou votre potager.

Devant les grandes portes menant à la cour de l'appartement des Chagall, Yann remit à Irène les paquets et les sacs débordant d'épicerie.

— Prévoyez-vous faire des courses de nouveau mercredi prochain ?

— J'espère bien, mais avec madame, on ne sait jamais.

— Peut-être qu'on pourrait prendre le café quelque part, si vous aviez quelques minutes de libres? suggéra Yann.

Irène accepta volontiers. C'était la première fois qu'un homme montrait autant de gentillesse à son égard.

L'ancien taupier espérait qu'Irène, au bout de quelques sorties clandestines, mordrait à l'hameçon et en goberait l'appât. Par-dessus tout, il souhaitait que la petite bonne de Chagall ait un cœur d'artichaut.

Yann reprit son chemin en fredonnant tout bas un air de Brassens :

Tu n'es pas de celles qui meurent où elles s'attachent,
Tu frottes ta joue à toutes les moustaches,

Il siffla quelques notes pour les paroles oubliées, puis continua le refrain.

Entrée libre à n'importe qui dans ta ronde,
Cœur d'artichaut, tu donnes une feuille à tout
le monde...

14

Le piège

Charlotte faisait sortir de ses marmites des vapeurs et des arômes dignes d'un restaurant étoilé. Devant la cuisinière à gaz, elle était pareille à un charmeur de serpents doté de pouvoirs magiques. Pendant qu'elle préparait ses pièces montées, ses veloutés et la vinaigrette pour les artichauts, elle prêtait une oreille distraite aux propos d'Irène sur son aventure au marché.

— Il était d'une gentillesse! Et costaud! Tu sais, ce genre d'homme qui aime bien manger. Il m'a donné toutes sortes de bons conseils... Il a des yeux... d'une couleur rare... Je te jure qu'ils brillaient comme des diamants verts.

— Tu veux dire des émeraudes?

— Non, de vrais diamants, tellement ils étaient clairs et lumineux.

— Tu lui as dit pour qui tu travaillais?

— Oui, dit la bonne en toute innocence.

— Tu dois te méfier de ce genre de mec. Il t'a peut-être suivi pendant des semaines avant de choisir le bon moment pour te parler. Il y en a plusieurs qui montent la garde devant notre porte, cherchant à faire connaissance, dans l'espoir de se rapprocher du maître. Parfois, ce sont des journalistes qui cherchent des saletés. Mais, trop souvent, ce sont des hommes à l'aspect louche, mi-rôdeur, mi-ouvrier, à la figure pâle et à moustache à la Errol Flynn, effilée et noire comme un trait de crayon. Habitués à se faire vivre, ils font mine de flâner sur le quai alors qu'en réalité ils nous épient par les fenêtres, machinant un coup pour entrer par effraction dans les appartements pour emporter les tapis, les tableaux et les richesses.

— Yann n'est pas de cette trempe. C'est un homme bien ! Il n'est pas un rapace, comme ceux dont tu viens de me faire le portrait.

— L'avenir nous le dira. Allez, cesse de rêver à ton beau gentilhomme et va porter ceci aux invités. Tu sais que madame insiste sur le service à la russe pour que les plats soient servis chauds. S'ils ne le sont pas, souviens-toi que Vava ne nous donnera pas les clés du paradis, elle nous fera gagner notre ciel ici-bas.

Irène lui sourit et prit les plats du premier service, entrées et potages.

Charlotte ne voulait pas lui avouer qu'elle s'était fait prendre par un de ces escrocs qui avaient rôdé devant la porte. Il lui avait fait croire qu'il était amoureux d'elle. Un soir, il était venu lui rendre visite et avait volé des bijoux dans la chambre de Valentina. Depuis l'incident, la patronne mettait tout sous clé et, selon le baratin de Charlotte, comptait chaque soir jusqu'au dernier morceau de sucre.

* *

*

Au cours des mois d'hiver, plus les toits d'ardoise bleuissaient au-dessus des arbres dénudés, plus Valentina refusait de sortir. Elle se plaignait des rues et des trottoirs parfois glissants, du froid et de la pluie qui lui raidissaient les articulations. Irène dut faire pour elle toutes ses commissions. De la couturière au nettoyeur, de la poste à la pharmacie, à tout propos et à n'importe quelle heure de la journée. Elle rapportait vêtements, courrier, pommades, sirop pour la toux et toutes les épiceries, en plus des ordonnances du médecin.

— Dernièrement, se plaignait la bonne à son amie Charlotte, je passe plus de temps à courir les rues qu'à faire le ménage, et la maison en souffre.

En vérité, elle aimait ces sorties. Elle se sentait ainsi presque libre. De son trot égal, elle faisait les courses et les petites commissions, à son propre rythme, savourant ces moments de liberté, sauf si Valentina lui imposait une limite de temps. Une fois par semaine, Irène s'arrangeait pour aller retrouver Yann.

Au fil de ses rencontres clandestines, elle avait l'impression d'avoir fait avec lui un long bout de chemin déjà. Pendant les courts moments volés, elle se perdait au plus profond du miroir des yeux verts de Yann. Elle glissait dans cette illusion et son mari abusif n'existait presque plus. Avec le temps, elle attribuait à Yann toutes les qualités d'une âme sœur, d'un compagnon bienveillant ou encore de l'amant utopique.

Le gain pour lui était les petites confidences qu'il recevait régulièrement de la bonne. Des bribes d'informations sur les habitudes de l'artiste dont il espérait tirer profit. En guise de récompense pour la confiance aveugle d'Irène, il lui achetait des breloques ou des petits bijoux dénichés dans de jolies boutiques où il l'entraînait.

Lorsqu'elle venait le trouver dans un café ou un restaurant, Yann se levait de table pour lui prendre les mains et lui faire la bise en lui frôlant les épaules. Il portait toujours un baume après-rasage qui la grisait. Pendant l'heure dérobée à sa patronne, Irène lui racontait ses journées et tous les détails de la vie chez les Chagall.

— Monsieur est très sympathique. Le premier soir, comme je mettais le couvert, il est entré dans la salle à manger. Il m'a souri et de son air timide m'a dit : « Ah !... C'est vous la nouvelle bonne ? » Et depuis, plus rien. Parfois, quand je le croise dans le corridor ou quand il sort, pour aller faire je ne sais quoi, il me dit bonjour et me demande quel temps il fait. Le matin, il lit son journal et, le reste de la journée, il s'enferme dans son studio. Je crois qu'il le fait pour s'éloigner de Vava et pour trouver un peu de tranquillité. Tu sais, il a plus de 95 ans et il travaille tout le temps.

* *

*

Quelques semaines plus tard, Yann lui avait donné rendez-vous dans un café du Marais. Déjà installé à table, il l'attendait. Pour la première fois, il ne s'était pas levé pour l'accueillir, comme il avait l'habitude de le faire, mais contrairement aux autres rendez-vous, cette fois il semblait contrarié et nerveux.

— Qu'est-ce qui ne va pas ? lui avait-elle demandé en s'assoyant.

— Je ne veux pas t'embêter avec mes problèmes, avait-il répondu, en baissant la tête.

— Écoute, tu sais que tu peux tout me dire.

— C'est une question d'argent.

— Est-ce que je peux t'aider ?

— J'ai tellement honte. C'est humiliant pour un homme de se retrouver dans une mauvaise passe.

— Ne t'en fais pas. Écoute, madame vient de me payer pour la semaine. Je peux te donner un peu d'argent.

C'était au tour d'Irène d'éprouver de la honte pour le maigre salaire qu'elle touchait. Elle lui offrit ce qu'elle avait dans son sac à main.

— Ça me dépannera pour un jour ou deux, mais ce ne sera pas assez pour me sortir du bourbier dans lequel je me trouve.

— Dis-moi ce qui se passe. À deux, on trouvera peut-être une solution.

— Tu sais que je travaille pour le plus important courtier d'art de Paris.

— Oui, répondit Irène. Tu m'as dit qu'il achète des œuvres de Cézanne, de Modigliani, de Monet et bien d'autres et qu'il les revend aux plus prestigieux musées et collectionneurs du monde. Et alors?

— Eh bien, voilà! Récemment, j'ai fait l'acquisition d'une œuvre qui promettait de me rapporter gros. Malheureusement, lorsque je l'ai fait examiner par des experts, ils ont découvert que c'était un faux et que le certificat de provenance l'était aussi. J'ai perdu l'argent que j'avais payé au faussaire. Par le fait que c'est moi qui ai pris le risque, je perds en plus la commission que j'aurais touchée. Tout est foutu.

— Tu savais que c'était un faussaire?

— Non, je te jure. Il m'a embobiné et je me suis fait gruger.

— Dans ce cas, tu n'y es pour rien.

— Tu ne comprends pas, c'est ma réputation qui est en jeu.

— Que veux-tu que je fasse?

— Je me demandais... Non, vaut mieux ne pas espérer trop de choses, trop vite. Je ne peux pas exiger ça de toi, ça dépasserait les bornes.

— Demande toujours.

Yann baissa la tête de nouveau et se frotta le menton.

— Je me demandais, si tu... si tu pourrais me refiler... une œuvre de ton patron ?

— Tu blagues ? Ce n'est pas possible ce que tu dis !

— C'est énorme, je sais, mais fais le calcul : Chagall produit depuis 1910. Pense à la quantité d'œuvres que cet homme a créées au cours de sa vie. Il n'arrivera jamais à dépenser cette fortune, Vava contrôle et gère tout. C'est elle qui va remporter le magot. Elle a éloigné ses enfants, comme tu me l'as dit. Tu pourrais enfin avoir assez d'oseille pour faire ce qui te plaît. Une seule gouache de Chagall peut aller chercher près d'un demi-million de francs. Tu t'imagines

Le visage d'Irène prit la couleur de l'écume et elle resta figée.

Voyant qu'il l'avait effrayée, Yann tenta de dissimuler sa maladresse en disant :

— Oublie tout ce que je viens de dire. Je trouverai un autre moyen.

Mais au bout d'un long silence, il revint à la charge.

— Qu'est-ce que ça peut bien lui faire un tableau de plus ou de moins ? insista-t-il. Il est riche comme Crésus, ton patron. Tout ce qu'il me faut, c'est une œuvre, une seule : une gouache, une aquarelle, un dessin pour que je puisse survivre. Sinon, je ne pourrai jamais plus faire ce métier que j'aime.

Soudain, son ton devint bourru et méchant.

— Tu ne vas tout de même pas m'abandonner dans cette situation de merde ! Si tu ne veux pas m'aider, je serai ruiné et tu ne me reverras plus.

— Ne plus te... Donne-moi quelques jours, je vais voir ce que je peux faire.

Au bord des larmes, Irène se leva de table.

— Tu me téléphones dès que tu auras trouvé, dit-il en la saisissant par le poignet au moment où elle passa près de lui.

Irène comprit sur le coup pourquoi certaines femmes se faisaient mourir à travailler ou s'abaissaient à faire le trottoir la nuit. Debout comme des pierres, elles attendaient dans la solitude, s'offrant aux ténèbres sinistres et désolées dans l'espoir de vendre leur corps à des inconnus. Elles le faisaient pour alimenter l'illusion qu'elles étaient aimées. Tout comme elles, Irène se faisait du cinéma. Perdue dans son roman-feuilleton, elle voulait lui décrocher la lune et les étoiles, lui être indispensable, sa complice voulue, pour qu'il ne s'éloigne pas. Elle était tombée dans les tentacules de la séduction. Sans s'en rendre compte, ils s'étaient ficelés d'abord tout doucement autour de son cœur pour finalement emprisonner son âme.

15

Voir la mer

Quelques jours après le premier vol, Irène, sur le quai de la gare de Lyon, sentit la plateforme vibrer sous ses pieds lorsque le *Train bleu* entra en gare en grondant comme le tonnerre. Un frisson la fit tressaillir. La bonne espérait qu'en montant à bord comme Irène, la femme de ménage, elle serait une autre en descendant du train. Il l'emporterait enfin loin de la grande cité parisienne qu'elle voulait fuir.

« Je n'ai rien à perdre », se dit-elle, n'ayant visité que si peu de la France. Au cours de toutes ces années de travail, elle ne s'était jamais offert de vacances à la montagne ou à la mer, comme les autres le faisaient. Une fois seulement, elle était rentrée dans son village natal pour assister aux funérailles de sa mère.

Bientôt, elle allait devenir la gardienne de la villa *La Colline,* de Saint-Paul-de-Vence. Elle fit signe au portier qui, avec l'aide de Georges, dirigeait la circulation des bagages vers leur place dans le train.

— Nadia et Serge, montez vite, insista leur mère. Allez trouver notre compartiment. Je ne veux pas que nous soyons les derniers.

— Tu crois pouvoir frayer avec les riches et les vedettes de la Côte d'Azur maintenant ? lui lança son mari.

— Tu viendras nous rejoindre, si tu trouves du travail, lui répondit Irène. Ta sœur ne pourra garder les enfants que quelques mois.

Il hocha la tête.

Elle lui tourna le dos. En un geste dédaigneux, elle lui fit une salutation par-dessus son épaule, monta la dernière marche et disparut dans le corridor du wagon.

C'était un wagon de type «LX» : le L signifiait luxe, tandis que le X représentait le chiffre romain, pour les dix compartiments. Le bleu voulait rappeler la couleur foncée, rehaussée des galons d'or de l'uniforme classique des chasseurs alpins, avec lesquels le directeur de la compagnie ferroviaire avait fait son service.

Aux yeux d'Irène, le bleu signifiait la Méditerranée qui l'attendait à la fin du trajet. Les Chagall avaient payé sa place à bord de ce train que fréquentait une clientèle aisée. Composés exclusivement de voitures-lits, d'une voiture-restaurant et d'une voiture-bar très raffinée, ces salons sur rail en faisaient sa célébrité.

Irène et ses enfants avaient peu voyagé, et encore moins en première classe. Captivés par cette nouvelle expérience, tous les trois examinèrent leur petit salon que le portier transformerait plus tard en soirée, par la magie d'une clé, en une chambre à coucher. L'endroit était immaculé et élégant.

— Je prends la couchette du bas, annonça Serge, à la grande déception de sa sœur.

— Maman, ce n'est pas juste, je n'ai même pas eu le temps de choisir.

— Et si on avait attendu que mademoiselle fasse son choix, le train serait déjà arrivé à destination, répliqua Serge.

— Nous aurions au moins pu tirer à pile ou face, répondit l'adolescente vexée.

— Ne commencez pas à me casser les pieds. Nadia, ce n'est que pour une nuit. Les week-ends à la villa, tu pourras choisir ta chambre la première.

La jeune fille s'installa en boudant, dans un des fauteuils autour d'une table ronde en acajou, avec les derniers numéros de *Nous Deux*, son roman-photo préféré.

— J'ai apporté du pain, du fromage et un bout de saucisson. Nous allons manger ici ce soir. Nous prendrons le petit-déjeuner à notre arrivée à Nice. Serge, va nous trouver une bouteille d'eau !

Alors que le convoi s'ébranlait, le jeune homme exprima avec sarcasme sa joie d'être mis en liberté :

— Merci, maman, explorer le train sera cent fois plus agréable que de rester assis à regarder le paysage ou la face d'enfant gâtée de ma sœur pendant des centaines de kilomètres.

Nadia lui fit une grimace en tirant la langue.

* *

*

À mesure que le train accéléra, Irène eut l'impression d'être entraînée loin des dernières années ardues qui tombèrent de ses épaules, comme une cape accablante. Son visage prit de la couleur, son humeur s'allégea.

Ce train bleu représentait-il le chemin de l'infini où le réel se transformerait en une vie qu'elle avait longtemps imaginée ? L'oiseau saphir n'était-il pas la couleur de l'oiseau du bonheur, si proche et pourtant si inaccessible ? Il lui semblait qu'elle pénétrait dans l'azur des œuvres de Chagall, passant de l'autre côté du vitrail. C'était la transparence, le vide accumulé, le vide de l'air, de l'eau, du cristal et du diamant. Le bleu nuit avait enfin cédé au bleu ciel, à la lumière du jour. Plus que tout, elle espérait que son évasion vers ce nouveau lieu aux couleurs des mers du Sud la calmerait, l'apaiserait.

Cet exode, sans prise sur le réel, l'appelait-il vers la liberté, vers la vérité ou vers la mort?

* *
*

Serge entra en trombe dans le compartiment.

— Te voilà enfin, toi, gronda Irène en voyant son fils qui venait d'entrer en coup de vent. Tu en as mis du temps à trouver une simple bouteille d'eau et tu reviens les mains vides!

— Il a sans doute laissé sa baguette de sourcier à la maison.

— Nadia, je t'en prie, ne t'en mêle pas!

— Tu es gentille de me défendre contre cette harpie. Au fait, Nadia, j'ai trouvé le puits idéal pour y puiser ton eau, mais son ouverture était déjà occupée.

— Tu es dégueulasse! lui dit Nadia, en lui lançant une de ses revues à la figure. Dégage! lui cria-t-elle en sortant à son tour du compartiment en claquant la porte. Moi au moins, je vais pouvoir faire ce que maman demande.

* *
*

Tôt le matin, à leur descente du train, Irène et les enfants prirent quelque chose à la gare pour emporter. Valentina avait envoyé une voiture. Le chauffeur taciturne les atten- dait et semblait impatient. Les valises en place dans le coffre, le petit-déjeuner avalé, Irène et Nadia s'installèrent sur la banquette arrière, tandis que Serge monta en avant.

Pendant la demi-heure que dura le trajet, le silence régnait. De Nice, la voiture suivit la route en lacet qui longeait la côte jusqu'à Cagnes-sur-Mer, emprunta la route départementale en direction de la Colle-sur-Loup vers Saint-Paul-de-Vence. Parvenu dans l'enceinte des remparts enserrant les ruelles escarpées de ce patrimoine médiéval, le chauffeur déposa Nadia et Serge chez leur tante. Il était entendu qu'ils habiteraient avec elle pendant la semaine et qu'ils viendraient travailler avec Irène à *La Colline*, le samedi après-midi ou le dimanche.

Devant la barrière de la villa, un magnifique berger allemand montait la garde. Le chauffeur signala sa présence à l'interphone et le grillage de fer forgé s'ouvrit automatiquement. D'un signe de la main il indiqua au chien de suivre. L'animal comprit que la visiteuse était la bienvenue.

La voiture emprunta un sentier au milieu d'un magnifique jardin et s'arrêta devant la résidence de pierre perchée sur un promontoire à l'abri des murs d'une forteresse. De là, Irène pouvait voir les cimes enneigées du côté ouest et les reflets de la mer vers l'est.

Le chauffeur descendit de voiture pour tirer la valise du coffre. Il la déposa au pied de la nouvelle gardienne, la salua, remonta tout de suite dans la voiture et disparut.

Valentina sortit sur-le-champ pour venir à la rencontre d'Irène.

— Ah ! Vous voilà enfin. Vous avez fait bon voyage ?

— Oui, madame, merci. C'est tellement agréable de voyager en train.

— Je suis heureuse que ça vous ait plu. Et de grâce, appelez-moi Vava, lui rappela-t-elle, comme tout le monde le fait ici. Suivez-moi, je vais vous montrer votre chambre pour que vous puissiez vous y installer. Dès que vous serez prête, venez me trouver au salon. Je veux vous expliquer ce que seront vos tâches et vous faire visiter la maison.

* *

*

Dans sa chambre, Irène posa sa valise et examina les lieux. Tout semblait avoir été choisi pour composer le décor parfait, mis en place pour ne jamais être dérangé. Il y avait une armoire de style Louis XV, où elle pourrait ranger ses quelques effets personnels, un bureau qui servirait peu et un téléphone.

Au pied du lit, des portes vitrées donnaient sur le jardin où poussaient de maigres rosiers. Tout à côté, se trouvait un salon où elle pourrait lire, écouter de la musique ou regarder la télévision. La salle de bain était immense comme dans les suites des grands hôtels.

Elle s'empressa de composer un numéro pour Paris.

— Yann, oui je viens tout juste d'arriver... Non je n'ai pas encore vu les studios... Oui, ce soir sans doute... Tout s'est bien passé. Je n'ai eu qu'à m'installer dans ma chambre... La villa semble spacieuse, élégante et pleine de lumière. J'ai vu une large terrasse avec des fauteuils d'osier. Pour le reste, on verra.. Je ne peux pas parler longtemps... Oui, Vava m'attend... oui à bientôt... je t'embrasse.

Elle raccrocha et alla retrouver sa patronne.

16

Les studios de l'artiste

Au salon, Valentina s'affairait à ouvrir le courrier de la journée. Irène resta immobile à l'entrée de la pièce, attendant que sa patronne l'aperçoive.

— Ne restez pas là, voyons, entrez. Vous n'avez pas mis long à vous installer.

— Je ne voulais pas vous faire attendre, madame, dit-elle en s'approchant du grand bureau couvert de piles de lettres décachetées.

— Votre chambre vous plaît?

— Oui, beaucoup, je n'en ai jamais eu de si belle.

— Vous allez vivre parmi nous, il vous faut donc un minimum de confort.

— Merci, madame Vava.

— Tout est en ordre à Paris?

— Oui, oui, votre frère est arrivé quelques jours plus tard que prévu. Je lui ai remis les clés de la maison. Au fait, je voulais sans tarder vous remettre celles que vous m'aviez confiées.

— Ah! Je vous avais remis tout le trousseau. Je devais être distraite ce jour-là. Vous voyez comme je vous fais confiance.

— Oui, madame.

Le souvenir, toujours présent, de la gouache volée venait soudainement de la remplir d'effroi. Elle voulait à tout prix trouver une façon de changer le sujet de conversation, réussir à déconcentrer sa patronne pour lui faire perdre le fil de ses pensées. Tout ce qu'elle trouva à marmonner fut :

— Vous semblez avoir beaucoup à faire ! J'espère que je ne perturbe pas votre journée.

— Pas du tout, le courrier fait partie de mes dix plaies d'Égypte. Comme les grenouilles, les lettres nous tombent du ciel, semblables à un défilé interminable de visiteurs avec leurs requêtes incessantes. Ces gens ne comprennent-ils pas que mon mari n'est qu'un seul homme ! Ils croient qu'il a d'inépuisables réserves d'énergie et qu'il peut tout faire pour eux. Vous savez, il fêtera ses 98 ans en juillet.

— Il travaille toujours, c'est remarquable à son âge.

— Hé oui, les artistes sont ainsi faits, mais les projets sont à plus petite échelle et beaucoup plus modestes. Il est, à ce jour, le peintre le plus célèbre de son époque. Soixante-cinq de ses toiles sont exposées au Louvre, vous savez. Mon mari dit qu'il travaille même dans son sommeil.

— J'ai visité récemment le Palais Garnier avec un ami pour voir le plafond de la grande salle.

— Ah oui. Nous l'appelons le plafond de la discorde.

— Le plafond de… ?

— De la discorde, en effet. Nous l'avons baptisé ainsi alors que la création de cette œuvre contemporaine était encore en chantier. Les journalistes du monde de l'art l'ont vertement critiquée et ont fait couler beaucoup d'encre en relançant l'éternel conflit entre les classiques et les modernes. Je me souviens que, lors des fêtes de l'inauguration, même les adversaires les plus acharnés de la Commission qui avaient malmené et semoncé Chagall se sont enfin tus. Plus tard, à l'unanimité, la presse a jugé le nouveau plafond comme la plus grande contribution à la culture française.

«Dans son discours, mon mari a expliqué le sens de l'œuvre en disant : "J'ai voulu, en haut, tel dans un miroir, refléter en un bouquet les rêves, les créations des acteurs, des musiciens ; me souvenir qu'en bas s'agitent les couleurs des habits des spectateurs. Chanter comme un oiseau, sans théorie ni méthode. Rendre hommage aux grands compositeurs d'opéras et de ballets." Il a poursuivi en disant qu'il offrait ce travail comme un cadeau de gratitude à la France et à son École de Paris, sans lesquelles il n'y aurait ni couleur ni liberté.»

Irène crut que sa patronne allait se mettre à pleurer.

— Mais, c'est bien loin tout ça, enchaîna Valentina, comme si elle revenait à la réalité. Allons, venez, je vous fais la visite de la maison pour que vous puissiez vous y retrouver. Plus vite je vous expliquerai vos tâches, plus vite vous pourrez vous y mettre. La chambre de Charlotte est voisine de la vôtre. Je vous préviens, elle ronfle comme un ogre.

Les deux femmes pouffèrent de rire.

— Comme vous voyez, nous avons beaucoup d'espace et de lumière dans la maison.

— C'est un endroit étonnant. Depuis le temps que j'en rêve, je ne pouvais qu'imaginer les couleurs et la beauté des paysages.

— Venez, nous allons prendre l'ascenseur pour descendre dans les studios.

— Les studios ? demanda Irène, perplexe.

— Oui, oui, vous avez bien entendu, les studios. Il y en a trois. Nous avons vendu notre ancienne villa de Vence qui s'appelait *Les collines* pour faire bâtir celle-ci, que nous avons nommé *La colline*, à l'entrée du village de Saint-Paul-de-Vence, un endroit beaucoup plus tranquille. Au cours des vingt-cinq dernières années, le maître travaillait souvent sur de grands projets, il avait besoin d'un studio pour la peinture et le dessin, un pour la poterie et un troisième pour les vitraux. Maintenant, Marc ne travaille que dans le studio de dessin et il ne faut surtout pas le déranger.

— Vous voulez que je suive les mêmes règles qu'à Paris?

— C'est exact. Il fait la sieste en ce moment, alors vous allez avoir la chance de voir l'endroit où il passe la plus grande partie de ses journées.

Valentina déverrouilla la porte du premier studio.

— Vous voyez ceci? dit Valentina en pointant la fente au centre de la porte. Lorsqu'il travaille, il ne veut pas qu'on le dérange, comme vous le savez, alors il a fait faire cette ouverture pour que Charlotte puisse lui livrer ses repas, sans qu'elle ait à ouvrir la porte.

— On dirait un cachot de prisonnier.

Vava lui fit un sourire figé. Elles entrèrent dans une immense pièce où régnait le désordre de la créativité et du génie. Dans l'air flottait l'odeur des couleurs, du papier et de la térébenthine. À gauche, une table rectangulaire en bois était installée devant une large fenêtre. La lumière naturelle inondait l'espace de travail. Pas un centimètre de la surface n'était visible sous les monticules de croquis et de dessins. Des pots placés à portée de la main, contenant des pinceaux et des crayons de toutes tailles, ressemblaient à des hérissons avec leurs piquants dressés et bigarrés. Sur un des coins, à peine dégagé, perchait une lampe articulée. À droite de la table, une dizaine de toiles vierges étaient empilées face contre le mur. Au centre du studio, plusieurs chevalets de différentes tailles se tenaient au garde-à-vous. Certains ressemblaient à des arbres dénudés, tandis que d'autres arboraient fièrement quelques feuilles vivement colorées, tenues en place par de larges pince-notes.

Tout au fond, il y avait un lit étroit.

— Il fait parfois sa sieste ici l'après-midi, ou encore il lui arrive de dormir ici s'il travaille tard dans la nuit.

Sur les murs quelques affiches et un miroir vertical. Irène se demandait à quoi il pouvait servir. Sans doute pour les autoportraits de l'artiste. Une simple chaise et des tabourets placés çà et là venaient compléter un décor minimaliste.

Valentina alla ouvrir une des larges armoires peintes en blanc qui faisaient la longueur de la pièce, tout à l'opposé de la table de travail.

— Elles renferment une multitude de tiroirs, où chaque œuvre est placée selon sa date de création. De cette façon, j'ai un inventaire précis. En plus, elles sont protégées de la poussière et en sécurité, et je suis la seule à avoir les clés. C'est pour le contrôle, vous comprenez. Je sais ce qui se vend et ce qu'il nous reste.

Quelques gouttes de sueur perlèrent sur le front de la bonne.

— Et les autres studios? demanda-t-elle voulant fuir le lieu.

— Parfois, il va faire un tour dans le studio de poterie, par nostalgie. Picasso et lui étaient de bons amis, mais il y a eu une brouille et ils ont cessé de se parler.

— Que s'est-il passé?

— Picasso vivait à l'époque près de Vallauris. Il travaillait dans les ateliers de céramique de Madoura. Chagall est allé lui rendre visite. Ces deux-là avaient des atomes crochus. Leurs rencontres et leurs correspondances se sont multipliées jusqu'en 1964. Un soir, au cours d'un souper organisé pour les deux artistes, il y a eu une dispute.

La discussion a commencé lorsque Picasso a demandé à Marc : «Quand allez-vous retourner en Russie?» Mon mari a répondu, le sourire aux lèvres : «Après vous. J'entends qu'on vous aime beaucoup là-bas — Picasso était communiste — mais pas votre travail. Allez, vous essayez et je vais attendre de voir comment vous faites.»

«Picasso, mécontent de cette réponse a répliqué : "Je suppose qu'avec vous, il faut que ce soit une question de business. Vous n'irez pas, sauf s'il y a de l'argent à faire." Marc a été profondément offensé par les paroles de Picasso et un fossé de silence s'est creusé entre eux après l'échange. Par la suite, s'il devait parler de lui, il l'appelait "l'Espagnol" avec sarcasme ou il disait : "Quel génie, dommage qu'il ne sait pas peindre." Plus tard, pour exprimer son dégoût pour lui, Marc a créé une peinture qu'il a intitulée *Fatigué de Picasso*. Depuis la mort de son ancien ami, il n'a pas touché à l'argile. Vous irez une fois par semaine pour dépoussiérer. Mais il faudra prendre soin de ne rien déranger. Les pièces de céramique qui s'y trouvent sont inestimables. Chaque objet est unique et peint à la main.»

— Je comprends, madame. Et pour le studio des vitraux?

— L'accès vous est interdit. Tous les vitraux sont d'abord conçus ici, mais élaborés dans des ateliers sur le site et réalisés par des verriers de grande réputation. Tout doit demeurer dans le plus grand secret. Ses vitraux sont universellement connus. Aujourd'hui, ils se trouvent en Allemagne, en Angleterre, aux États-Unis, en Suisse, en Israël et bien sûr en France. Mon mari dit que le vitrail représente la cloison transparente entre son cœur et le cœur du monde.

«Le dernier grand projet date de 1963. Tout a commencé dans le petit village de Tudeley, dans la région de

Kent. Sir Henry et Lady d'Avigdor Goldsmid avaient commandé une fenêtre pour le côté est de l'église de tous les saints, *All Saints*. Le vitrail devait être à la mémoire de leur fille, Sarah, décédée dans un accident de bateau. Quatre ans plus tard, Marc a assisté à l'installation du vitrail complété, c'était la première fois qu'il se rendait sur les lieux, car le travail se faisait à partir de Reims. Il a trouvé l'église tellement jolie qu'il s'est exclamé : "C'est magnifique ! Je les ferai tous !" Le projet dure depuis ce jour-là et le douzième et dernier vitrail n'est toujours pas en place. »

— C'est incroyable !

— Il faut pour ce métier de la patience et de la ténacité. Lorsque ce projet sera enfin terminé, cette église sera la seule au monde à avoir dans toutes ses fenêtres des vitraux de Chagall.

Irène eut presque envie d'avouer à Valentina le vol qu'elle avait commis. Pour cacher sa honte et se donner une contenance, elle se mit à ajuster le collet de son uniforme. Elle ne laissa pourtant rien paraître et suivit sa patronne qui l'entraînait déjà vers l'ascenseur.

De retour dans le bureau, Valentina invita Irène à s'asseoir. Elle oublia de sonner pour que Charlotte apporte le café.

— Alors, parlons maintenant de vos sorties. Ici, j'envoie André, l'infirmier, avec le chauffeur faire toutes mes commissions. André vit ici avec nous depuis trois ans déjà. Mon mari n'a plus de bonnes jambes, ce jeune homme doit l'accompagner de plus en plus. Je m'inquiétais trop d'une chute quand il voulait sortir faire ses marches et promener le chien. Ici, la pente des trottoirs est plus raide, contrairement aux rues de Paris.

— Je vois.

— Parfois, il veut sortir déjeuner. Vous allez devoir l'accompagner. Le chauffeur vous conduira au café de la place. Il aime bien s'y rendre pour rencontrer ses amis, du moins ceux qui sont toujours vivants, lança Valentina, en pinçant les lèvres.

Une lueur malicieuse lui traversa le regard.

— Oui, madame Vava. Si vous n'avez plus besoin de moi et si vous le permettez, je vais me rendre à la cuisine dire un petit mot à Charlotte avant de me mettre au travail.

— C'est bien. La pauvre ne tenait plus en place depuis quelque temps. Elle me demandait sans cesse le jour et l'heure de votre arrivée. Vous pouvez disposer.

Irène la remercia et se sauva vite.

17

La Colombe d'Or

Trois fois par semaine, Irène devait accompagner son patron au café du village, où il prenait le déjeuner sur la terrasse avec les fantômes de la place : Matisse, Braque, Léger, Dufy et Picasso.

Il fréquentait le même établissement depuis trente ans déjà. Un endroit magique qui lui rappelait les beaux jours où amis, peintres, sculpteurs et artistes comme lui se retrouvaient pour prendre un verre, pour parler de projets ou simplement pour jouer aux cartes. Les poètes les avaient suivis, et à leur tour les comédiens et les grandes vedettes de cinéma.

Dès qu'ils eurent franchi le portail, Irène y découvrit un endroit enchanteur, tel un conte mythique dans un pays lointain. La terrasse était entièrement ombragée par des figuiers noueux et des parasols blancs et entourée, sur deux côtés, de hauts murs pareils à ceux d'un cloître ou d'une forteresse. Sur l'un de ces murs, on pouvait admirer une magnifique fresque en céramique de Fernand Léger, de couleurs éclatantes avec trois femmes nues veillant sur les convives.

Au fil des années, étaient venues s'ajouter des œuvres de Miró, de Braque, de Picasso, de Dufy, de Calder, de

César et aussi de Chagall, avec leurs motifs facilement reconnaissables de poissons, d'amants et de fleurs.

Parfois, l'artiste invitait Irène à partager son repas. En tête-à-tête, il aimait lui raconter quelques bribes de ses vieux souvenirs. Ici, sans Valentina, il pouvait parler en toute liberté.

— La façade du bâtiment a été assemblée avec les pierres d'un vieux château provenant d'Aix-en-Provence vous savez et, sur la cheminée en stuc blanc, on peut toujours voir les empreintes des personnes ayant aidé à la construire.

Irène, curieuse, le questionnait pour en savoir davantage.

— Ce café existe depuis longtemps?

— Depuis 1920. Le propriétaire, Paul Roux, avec l'aide de sa mère, a d'abord ouvert le café qu'ils avaient alors baptisé Chez Robinson.

— Comme le naufragé?

— Sans doute, car après la guerre, nous étions tous des naufragés, un peu comme ce pauvre homme. Laissés à nous-mêmes, nous devions nous relever de l'abîme et reconstruire nos vies et notre pays. Les week-ends, pour nous distraire et nous amuser un peu, nous venions sur la terrasse qui servait de piste de danse. Très vite, la place est devenue un endroit populaire pour les habitants des environs. Avec sa femme, Titine, Paul Roux a transformé le café en une auberge de deux ou trois chambres, je ne m'en souviens plus, et lui a donné le nom de Colombe d'Or. Paul avait le don de se lier d'amitié avec les gens qui étaient de passage. Il leur disait qu'ils étaient les bienvenus ici, à pied, à cheval ou sur une toile!

Irène s'esclaffa et son patron, souriant, reprit son récit:

— Il recevait tout le monde et leur offrait l'hospitalité avec un véritable sens de l'accueil, mais c'était surtout sa curiosité et son intérêt sincère pour les arts qui avaient attiré les artistes. Plusieurs d'entre nous sont devenus des visiteurs fidèles. En échange de sa générosité, comme vous pouvez le voir, les murs se sont couverts de toiles, souvent échangées contre quelques nuits à l'auberge. Et on y mangeait bien! Sa table débordait de sardines, de crudités, de salades de riz et de lentilles, de charcuteries, de poissons fumés et marinés. Il remplissait nos assiettes de fricassée de volaille aux morilles, de pièces de bœuf à la façon du berger des Causses, de turbot rôti à la vinaigrette maraîchère ou de civet de lapin du facteur.

— Qu'allez-vous choisir pour votre plat aujourd'hui? lui demanda Irène.

— Je ne dois pas trop dépenser, vous savez, ma femme va me disputer. Elle s'inquiète pour des riens. Et à mon âge on a un appétit d'oiseau. Le nouveau propriétaire connaît bien mes habitudes. Je le laisse choisir. Ce qu'il m'offre comme repas est toujours une agréable surprise.

— Qui est le nouveau propriétaire?

— Francis Roux, le fils de l'ancien propriétaire. Comme son père avant lui, il a su se lier d'amitié avec tous les nouveaux visiteurs, attirant une clientèle internationale parmi les vedettes de cinéma ou de la scène : Ventura, Reggiani et Orson Wells. Yves Montand et Simone Signoret se sont rencontrés à La Colombe d'Or et se sont mariés à Saint-Paul.

*   *

*

Parfois, Chagall préférait manger seul ou avec le propriétaire du restaurant. Ces jours-là, Irène s'installait à une table dans la grande salle du fond, juste à côté du célèbre foyer en stuc blanc. Yann venait souvent la retrouver. Pour la saison, il avait réussi à se dénicher une chambre qu'il louait à la semaine dans un établissement balnéaire qui avait connu des jours meilleurs. Le bâtiment était tellement délabré qu'un coup de pinceau n'aurait pas réussi à lui donner meilleure apparence. Il réclamait des rénovations de fond en comble. Pour le moment, le piètre logement devait suffire, jusqu'à ce qu'il puisse faire jaillir les millions de la cage dorée d'Irène.

Yann avait certes convaincu la bonne de commettre le premier vol à Paris. Mais, comment la pousser à en commettre d'autres? Il mit en œuvre toutes les ressources de son esprit pour la faire parler de sa vie au bord de la mer. En pesant ses mots, il s'ingéniait à choisir des phrases douces et plaisantes pour l'amadouer. À leur table, à l'abri des regards, il étalait ses mains élégantes sur la fine nappe de lin en effleurant à peine le bout des doigts d'Irène. De manière attentionnée, tout en la fixant de ses yeux de chat, il lui versait du vin et remplissait son assiette à mesure qu'elle terminait un plat. Il la cajolait dans le seul et unique espoir d'extirper d'elle tous les détails de la vie du grand artiste, qui lui seraient favorables à l'exécution de son plan de fortune.

Yann se rendait compte de l'énormité et de la complexité de l'escroquerie qu'il tramait : détrousser un artiste célèbre de nombre de ses œuvres était un projet d'une envergure stupéfiante, aussi proche de la folie que de l'échec. Cela ne ressemblait en rien au recel de marchandises tombées d'un camion. C'était un pari dangereux, avec des enjeux complexes demandant de la dextérité, de la circonspection et du raffinement. Un pari qui pourrait lui livrer une fortune ou l'envoyer au pénitencier.

Il devait s'outiller de patience. Irène était un oiseau rare. Il se sentait comme un chat maigre en quête d'une proie. Ses stratégies ressemblaient beaucoup à celle de son ancien métier de taupier. D'abord, il fallait positionner le leurre et l'appât, et saisir la bête avant que la présence du piège ne devienne évidente. Le butin de la chasse n'était pas une pauvre taupe, mais les trésors qu'Irène sortirait de la villa.

Son plan pourrait facilement s'effondrer et n'équivaudrait à rien de plus qu'à quelques poussières, s'il ne prenait pas les choses en main. Il fallait d'abord être en mesure de prouver la provenance des œuvres et leur authenticité, trouver des galeries prêtes à entreprendre les négociations pour vendre les œuvres au prix fort.

Yann ne pouvait plus reculer. Son engagement devait être un travail de tous les instants. Sa situation financière s'était rapidement détériorée. À la suite de la série de chèques sans provision qu'il avait émis pour couvrir ses dépenses, il se trouvait pour le moment en interdit bancaire. Pour compliquer les choses, il devait de l'argent à tout le monde. Ses créanciers s'impatientaient, certains menaçaient de lui casser les os. Même son amant Gigi rouspétait et menaçait de le quitter.

Le taupier était à court de temps et d'excuses. Par chance, une vieille tante, madame Pla, avait accepté d'endosser les chèques, mais en contrepartie, elle prélèverait évidemment un pourcentage généreux sur chacune des transactions. Par un autre heureux hasard, il avait trouvé à Paris trois galeristes prêts à écouler les œuvres dérobées.

* *

*

Après quelques sorties avec Irène dans les casinos et un ou deux repas dans de grands restaurants sur la Côte d'Azur, le taupier se surprit de la docilité de sa capture. Irène, s'il l'avait voulu, lui aurait même révélé la couleur des sous-vêtements de Valentina.

— Tu dois commencer à connaître les habitudes de la maison ? avait-il prudemment avancé après quelques semaines.

— C'est madame qui dirige, règle, organise et administre toutes ses affaires. Elle tient les cordons de la bourse, paye les notes, mais elle parle toujours comme s'ils étaient sans le sou. Le pauvre homme doit constamment travailler pour faire entrer plus d'argent. Ce qui m'indigne le plus, c'est qu'il se laisse mener de la sorte par cette mégère. Il travaille tellement que les tiroirs de ses trois studios débordent de ses œuvres, selon Valentina.

— Tu as dit trois studios ?

— Un pour la peinture et le dessin, un autre pour la poterie et le troisième pour les vitraux.

— Tu y as accès ?

— Seulement à celui pour la peinture, pour faire le ménage. Il est formellement défendu d'y entrer lorsqu'il travaille. C'est une pièce immense, peinte en blanc avec de grandes fenêtres et des portes vitrées avec accès sur le jardin. Il s'y rend par l'ascenseur, parce qu'il a des douleurs aux jambes. C'est la lumière qu'il aime à cet endroit. Il y travaille sans arrêt. Je crois qu'il le fait pour avoir la paix. S'il travaille, elle n'ose pas le déranger. Charlotte lui porte ses repas et moi je m'occupe d'aller chercher les plateaux.

— Et pour le reste de la maison ?

— Ben, puisque j'en suis la gardienne, j'ai les clés pour toutes les portes, sauf les armoires. Il ne faut pas me demander de sortir des gouaches de son studio.

— Je ne te demande rien ! T'énerve pas !

— Je ne m'énerve pas. Il faut que tu comprennes que ce n'est plus possible. Vava m'a dit qu'elle tient un inventaire complet de tout ce que Chagall produit.

— Et tu l'as crue ?

Irène hocha la tête et poussa le contenu de son assiette du bout de la fourchette. Elle avait la gorge serrée.

— Tu vas rentrer à Paris et je ne te verrai plus, n'est-ce pas ?

— Mais non. Nous allons trouver un autre moyen, c'est tout. Il faut patienter un peu.

18

La mort de l'artiste

Saint-Paul-de-Vence, le 28 mars 1985

Valentina se réveilla en entendant la voix d'Irène auprès de son lit.

— Madame Vava! Madame Vava! Vite! Vite! Je crois qu'il a eu un malaise et il est tombé.

Valentina ressentit une horrible angoisse.

— Oh madame! venez tout de suite, tout de suite!

Dans son studio, Chagall était allongé sur le sol. Il semblait dormir paisiblement. Il n'y avait aucune expression de douleur ou de terreur sur son visage de vieillard. On aurait dit qu'il rêvait. Combien de fois Valentina avait-elle observé le visage de son mari au cours de leur trente années de mariage?

La veille, il avait continué à travailler tard sur une lithographie qu'il voulait finir, sans se douter que ce serait sa dernière. Il n'eut pas le temps de la signer. Il l'avait intitulée : *Vers une autre lumière.*

Elle représentait un peintre qui lui ressemblait dans sa jeunesse. L'artiste au travail devant un chevalet, tandis qu'un ange descendait vers lui, les bras tendus — c'était comme s'il peignait sa propre mort.

— Il n'a pas appelé, madame, dit Irène. Charlotte se plaignait d'avoir mal aux jambes et elle m'a envoyé ce matin voir s'il voulait du café et son petit-déjeuner comme d'habitude. Je l'ai trouvé là. J'ai cru qu'il s'était assommé, parce qu'il ne bougeait pas et je n'arrivais pas à le réveiller.

— Il faut appeler le médecin, dit Vava d'une voix étouffée.

— Je m'occupe de tout, madame. Ne vous faites pas de souci, et je vais téléphoner à madame Ida.

— Non, il faut plutôt contacter Franz. Il la calmera et l'empêchera de venir tout chambarder. Allez vite!

Irène prit l'ascenseur pour monter du studio au salon. Valentina s'agenouilla en sanglotant près du corps inerte et plaça la tête de son mari sur ses genoux. Son cœur se déchira. Elle gémit :

— Pourquoi m'as-tu quittée? Il n'y avait que toi qui m'aimais... que toi. Maintenant, il ne me restera rien au monde. Tu as toujours été ma raison d'être.

Irène vint retrouver Valentina et l'aida à se relever. Elle plaça un drap blanc sur le corps de l'artiste. Elle avait pris soin d'apporter une robe noire pour Valentina. Elle l'aida à l'enfiler. La pauvre femme était maintenant muette et tremblante. Elle avait les mains crispées sur sa poitrine et balbutiait :

— Il n'y aura pas de mouchoir assez grand dans ce monde pour contenir toutes mes larmes.

Mais elle n'en versa aucune. Seul un cri guttural faisait s'entrouvrir par instant ses lèvres pâles.

— Laissez-moi faire, je m'occupe de tout, dit Irène.

Valentina dit à Irène, avant de s'écrouler de nouveau :

— Si je pouvais pleurer, ça ferait moins mal!

Irène alla trouver Charlotte pour qu'elle appelle le médecin du village. Dès son arrivée, André, l'infirmier, le mena dans le studio où gisait la dépouille de l'artiste. Dans son rapport, il nota le constat du décès d'un homme présentant un arrêt cardiaque, avec les trois symptômes cliniques simultanément présents : absence totale de conscience et d'activité ; abolition de tous les réflexes du tronc cérébral ; absence totale de ventilation spontanée.

À Valentina, il prescrivit des somnifères pour l'aider à passer les pires moments. Elle était fiévreuse et répétait :

— Je ne pourrai pas vivre sans lui.

Il tenta de lui expliquer que son mari n'avait eu connaissance de rien et que, vu son âge avancé, c'était un peu comme s'il s'était endormi.

— C'est son cœur, vous savez, il n'y a rien que je puisse faire.

* *
*

Le lendemain, au cours de sa visite de condoléances, le maire de la ville, voyant Valentina et Ida en deuil, comprit qu'elles étaient incapables d'organiser quoi que ce soit. Toutes les deux étaient sous le choc de la mort de l'homme qu'elles aimaient. Le maire offrit pour l'enterrement une parcelle dans le cimetière du village. Chagall avait toujours refusé de son vivant, par superstition, de parler de service ou de dispositions pour les funérailles.

Pourtant ce jour-là, Valentina trouva la force d'engager des policiers qui gardaient l'entrée de la maison pour empêcher que David McNeil, le fils de l'artiste, puisse venir voir son père une dernière fois.

La famille et les amis se réunirent nombreux, trois jours plus tard, dans ce dernier lieu de repos accroché au plateau du Puy, au sud de son village. Dans ce petit cimetière chrétien, il n'y eut aucun rite religieux. Le ministre de la Culture fit les éloges du grand peintre. Un voile brumeux du petit matin enveloppait les pierres tombales et masquait le ciel de son linceul calcaire, intensifiant la profonde tristesse de l'endroit.

Au moment où le cercueil allait être mis en terre, un journaliste juif parmi la foule s'approcha de la famille pour demander :

— Me permettez-vous, madame Meyer, de réciter le kaddish ?

— Non, répondit sèchement Ida. Mon père détestait les rabbins et n'a jamais pratiqué sa religion.

— Maman, ce rituel est important pour le repos de son âme, insista Piet, son fils.

Le jeune inconnu se détacha de la foule et récita pieusement la prière pour les morts.

Dans un coin, à l'écart des proches du défunt, le fils unique de Chagall pleurait comme un enfant. Personne de la famille ne l'avait invité à se joindre à eux. Pour Valentina, il était le bâtard, le fils naturel issu d'un passé dont elle voulait effacer la trace. Mais, aux yeux de la loi, il était le fils légitime de l'artiste, car ses parents, Virginia McNeil et Marc Chagall, l'avaient reconnu comme tel.

Il était impossible de nier ses origines quand on voyait les traits de son visage. David avait la timidité et la créativité de son père et possédait le physique et le tempérament flegmatique de sa mère. Sous les cyprès plusieurs fois centenaires, ce fils solitaire repassait dans son esprit des images semblables aux sujets des tableaux de son père, tapissant les murs de la maison où il avait grandi. Des souvenirs de grande solitude et de bonheur d'enfance auprès de lui.

Des pensées revinrent doucement, une à une, pendant lesquelles il revivait les étés en famille au bord de la mer. Son père, sa mère, sa demi-sœur et lui profitaient des journées ensoleillées sur la grève.

— Papa, tu veux me peindre des galets ?

Comme toujours, son père cueillait des cailloux sur la plage pour lui faire plaisir. Il les transformait en chefs-d'œuvre au pastel gras. Ensuite, il les lui donnait et le gamin les lançait aussitôt à la mer.

— Fais voir combien de ronds tu pourras faire avec chaque ricochet, le taquinait son père. Je te parie que tu ne pourras pas en réussir plus que trois.

À chaque nouvel essai, des hurlements et des cris de joie s'élevaient lorsqu'il arrivait à faire quatre, cinq et parfois jusqu'à six ronds dans l'eau.

— Tu t'imagines, David, comme ça serait amusant si on pouvait voir, dans cent ans, les archéologues se grattant la tête en découvrant notre belle mosaïque sous les vagues ?

David sécha ses larmes. Il revoyait son père se grattant comme un singe d'une main et tenant de l'autre, entre les doigts souillés de couleurs, les gros crayons qui avaient servi à créer, avec de simples cailloux, des messages qui fascineraient les plus grands des chercheurs, même après tant d'années.

Depuis elle, tout avait basculé. Il n'avait que cinq ans au moment où il se heurta très vite à l'hostilité de sa nouvelle belle-mère. Valentina refusait qu'il vienne passer ses étés au bord de la mer comme avant. Après la rupture de ses parents, l'accès à la maison de son enfance lui était interdit, à l'exception de rares visites bien contrôlées et de courte durée.

Un jour, elle força la vente de la villa *Les collines*, prétextant que les nouvelles maisons, érigées par des entrepreneurs gloutons et sans scrupules, empiétaient sur leur vie privée. Il dut vivre pendant des années l'exil du pensionnat. Son père, bien sûr, payait tous les frais de scolarité de ses études à Versailles, mais lui rendait rarement visite seul. Ces occasions étaient souvent le sujet de reportages dans les journaux. Vava y voyait en informant les photographes toujours à l'avance.

À Paris, père et fils se rencontraient clandestinement dans des cafés d'ouvriers. Son cœur se serra de nouveau en pensant à son père qui travaillait sans arrêt à soixante-dix ans parce qu'« Elle » en voulait toujours plus. Multimillionnaire, il volait pourtant les cubes de sucre dans les grands restaurants à la sortie de table, comme un pauvre mendiant.

— Tu vas bien, David ? lui demandait-il en l'embrassant. Viens, je t'emmène dans un petit bistrot que j'aime bien.

C'était le genre d'endroit où le menu était griffonné au crayon blanc sur le miroir, derrière le bar. Maçons, peintres en bâtiment, plâtriers, plombiers et des tas d'autres ouvriers s'y retrouvaient pour prendre un copieux déjeuner, bien arrosé du vin ordinaire de la maison.

Papa, comme il l'appelait, coiffé d'un béret, d'une veste usée et poussiéreuse et d'une grossière chemise à carreaux, s'intégrait parfaitement au décor. La conversation coulait facilement entre les clients entassés. Un homme de la table rapprochée à la leur examinait les muscles et les mains tachetées de couleurs diverses de l'homme coiffé d'un béret.

— Elles sont imprégnées jusqu'à l'os, disait-il souvent à son fils.

— Travailles-tu sur place ici ? demanda le voisin de table comme s'il parlait à un compagnon de travail.

— Ouais, avait répondu son père, comme il s'attaquait à son entrée d'œufs durs à la mayonnaise. Je refais le plafond de l'Opéra.

David ne marcherait pas dans les pas de son père. Il choisirait, à la place des pinceaux, une trompette dans un étui de cuir noir doublé de velours indigo. Un rare cadeau, extravagant, pris en photo, que lui avait donné son père lors d'une visite avec Vava au pensionnat de Versailles.

Trop timide pour embrasser une grande carrière de chanteur, il avait plutôt l'habitude des petits bars gitans enfumés et des cafés et des tournées minables en camionnette partout en province. Il se flattait d'avoir réuni quatorze spectateurs, un soir, dans un ancien cinéma porno de La Rochelle.

Il avait une admiration sans bornes pour son père et souffrait de l'obsession de toujours se mesurer à lui, comme il arrive souvent aux enfants des célébrités.

Dans une de ses chansons, il disait de son père : « Tu vis près de Saint-Paul-de-Vence, Hollywood en Provence, si loin de ma vie. Tu ne dis jamais ce que tu penses. Tu souris en silence aux gens qui t'envient. »

Pour ce jeune homme, sa vie avait les couleurs d'un grand drame dont les acteurs étaient plus riches et plus puissants que lui. Pourtant, il avait réussi comme parolier pour des interprètes de chansons populaires comme Julien Clerc, Robert Charlebois, Alain Souchon, Renaud et Maxime Le Forestier. Mais il s'entêtait à vouloir être cinéaste et auteur, cherchant sans fin sa place. Arriverait-il maintenant à être digne de ce père mythique ? Pourrait-il entretenir d'outre-tombe un dialogue avec cet esprit providentiel qui avait été parfois son ange gardien ? Ce père disparu le couvrirait-il enfin d'éloges tant espérés ? Pour le fils de Chagall, le combat ne faisait que commencer.

19

Les négociants

Sur de pleines pages de magazines français, Jean-François Gobbi vendait ses services. Une photo en noir et blanc montrait un homme d'âge mûr, vêtu d'un costume élégant, taillé par un grand couturier français. Un énorme cigare à la main, il était entouré de tableaux de Cézanne, de Modigliani, de Monet et de Van Gogh. Dans la vignette, sous la photo, on pouvait lire :

> *Les prestigieux musées et collectionneurs du monde attendent vos précieux tableaux... Le problème, cependant, est que vous ignorez où se trouvent ces musées et ces collectionneurs prêts à payer à prix élevé vos œuvres d'art. Mais, Jean-François Gobbi lui sait où les trouver : puisqu'ils sont tous ses clients. Aujourd'hui, la demande est tellement forte que les musées et les collectionneurs ne marchandent pas le coût Alors, si par hasard, vous arrivez à communiquer avec un grand musée ou un important collectionneur prêt à payer le prix fort pour vos chefs-d'œuvre, n'appelez pas Jean-François Gobbi. Sinon, composez le 266-50-80.*

*   *
*

Ce matin-là, en prenant son premier café de la journée, Gobbi apprit la mort de son ami, Marc Chagall, en lisant la une du *Figaro*. Pour avoir visité l'artiste au travail, le négociant savait qu'il avait laissé dans ses ateliers une quantité considérable d'œuvres qui reviendraient à sa femme, à sa fille et aux membres connus de sa famille.

Le vendeur de tableaux soutenait financièrement depuis quelques années David McNeil, le plus jeune des héritiers, à la demande de son père. Sa part serait un important pourcentage du trésor. Gobbi avait bon espoir que son plan fonctionnerait. Par bonheur, il gérait déjà le droit d'aînesse de McNeil, selon une entente, calculée sur la base du volume de son investissement. Avec la flambée des prix, il savait qu'il pourrait vendre les articles en lots à des acheteurs de New York, du Japon et d'Europe.

Il passa un appel à son assistante.

— Gianna, tu dois rentrer au bureau tout de suite.

— Mais, c'est dimanche, répondit-elle à l'autre bout du fil. Que se passe-t-il ?

— Tu as lu le journal ce matin ?

— Non, je n'ai même pas pris mon café.

— On va enterrer Chagall.

— Où ?

— Mais quelle question ! Sans doute dans le village où il habite depuis 20 ans.

— C'est que… j'aurais cru qu'il serait enterré au cimetière du Père-Lachaise.

— Sa femme va en décider autrement. Prends-en ma parole !

— Je m'habille et j'arrive.

— Demande à Yann de venir aussi. À deux, vous pourrez mieux faire le travail que je vais vous assigner. Nous allons devoir tous les trois nous rendre à Saint-Paul-de-Vence le plus vite possible. Tu t'occupes de faire les arrangements.

— Je lui téléphone tout de suite.

— Et je téléphone à David McNeil pour lui offrir mes condoléances et vérifier où se tiendront les funérailles.

* *

*

Pour amadouer David, Gobbi lui offrit son appartement à Venise sur le Grand Canal, pour se remettre de sa peine, sans imposer de limites de temps, et lui donna aussi accès à son puissant yacht, à l'image de la taille de la réputation du difficile négociant.

Dans son testament, l'artiste avait assigné à son vieil ami la responsabilité d'inventorier et de cataloguer des centaines d'œuvres qui se trouvaient dans des studios en France, où Chagall avait travaillé sur des projets d'églises et de vitraux. Gobbi obtint sans difficulté la permission des héritiers de se mettre tout de suite à la tâche, ce qui facilitait le travail de ses assistants. Gianna et Yann furent chargés d'identifier d'abord chaque pièce séparément afin d'en établir la chronologie, la date de création et la provenance. Cette opération minutieuse, en plus de respecter les normes du marché, légitimait les tableaux, les lithographies, les gouaches et les dessins, et minimisait le risque que de faux soient vendus à des clients sans méfiance et mal informés. On pouvait désormais expliquer à tout acheteur éventuel, comment chaque œuvre s'intégrait à l'ensemble des travaux de l'artiste prolifique.

Ce travail plut à Gianna. Elle pouvait enfin mettre en pratique ce qu'elle avait appris dans les cours qu'elle avait suivis tous les matins, pendant trois ans, à l'école du Louvre. Yann, de son côté, serait chargé d'ébruiter la nouvelle aux galeries susceptibles de s'intéresser à acheter des lots à vendre. Ce serait une affaire de dizaines de millions. Ce qui le vexait le plus était que Gobbi raflerait la part du lion des œuvres de Chagall pour le marché. Avec Irène bien installée dans la villa de l'artiste, où se trouvait la majeure partie du butin, il ne restait plus qu'à patienter encore un peu, en comptant sur les trois maisons de choix qu'il avait retenues : la galerie Marcel-Bernheim, la galerie Falcone-Carpentier et la galerie Denis-Bloch qui étaient prêtes à acheter les œuvres qu'Irène lui refilerait.

20

La taupe

Quelques semaines après les funérailles, Jean-Louis Prat, directeur de la Fondation Maeght, présidait le Comité Chagall. Il avait réuni les héritiers et leurs représentants. Gobbi fut mandaté avec son équipe pour inventorier l'ensemble des œuvres du peintre décédé. Cette tâche allait s'échelonner sur plusieurs mois. Gianna resterait sur les lieux et Yann ferait la navette entre Paris et Saint-Paul, selon les directives de leur patron.

Sur la terrasse de La Colombe d'Or, depuis ses rencontres clandestines avec Irène, Yann était devenu un habitué de la maison, tandis qu'Irène, sa « taupe », était prisonnière dans la villa. À l'entière disposition de la veuve, prête à répondre à tous ses désirs, elle ne pouvait plus bouger. Valentina en avait fait sa nouvelle dame de compagnie et la gardait toujours à portée de vue, n'autorisant que de rares sorties. L'ancien taupier allécha sa proie lors de ses moments libres de plus en plus espacés. Il s'efforçait de lui offrir maintenant des thés dans les grands hôtels, des soirées au casino et des dîners avec addition à quatre chiffres.

Irène, à l'âge de la ménopause, trouvait Yann de plus en plus séduisant. De plus, il lui faisait maintenant miroiter la possibilité d'être riche et enfin libre.

*   *
*

Au bout de quelques mois, des lots de valeur égale furent tirés au sort, à l'aveugle, entre les héritiers : Valentina, Ida, la fille de Chagall et son demi-frère, David McNeil.

Le directeur de la fondation Maeght avait envisagé de photographier la part de Vava. Mais, au bout de quelques rouleaux de film, elle n'en pouvait plus.

— Je vous en supplie, Jean-Louis, il faut arrêter tout ça !

Tous les certificats d'authenticité furent soumis à la veuve éplorée, mais Valentina ne les examinait que d'un œil distrait.

— Irène, demanda-t-elle, vous allez tout ranger dans les tiroirs et les armoires à plans dans les studios de mon mari. Je vous donne les clés. Je n'en peux plus.

À l'issue du partage, les experts ne savaient plus qui détenait quoi, puisque l'artiste avait réalisé de multiples variantes de ses sujets : il y avait des armées de clowns, des allées de glaïeuls et des légions d'anges.

Lors d'une soirée avec l'amant imaginaire, Irène lui remit d'abord une dizaine de gouaches, puis la fois suivante la même quantité de lithographies. Un peu plus tard, elle voulut lui offrir une vingtaine de dessins. Quand elle voulut lui en offrir encore plus, il se mit à protester.

— Irène, il faut ralentir, je ne peux pas en donner autant à mes revendeurs. Tu comprends, Gobbi a déjà pris une part de l'héritage de David McNeil en guise de paiement de sa dette. Gobbi finançait sa carrière de musicien depuis longtemps. En ce moment, il pleut des Chagall sur Paris. Il faut que tu sois plus prudente, sinon on pourrait soupçonner qu'il se passe quelque chose de louche. Au fait, comment arrives-tu à sortir les gouaches de la maison ?

— Ce n'est pas compliqué. Ma fille, Nadia, vient passer le week-end à la villa. Nous faisons ensemble le ménage des studios. Maintenant personne ne nous empêche d'y pénétrer comme avant, je peux fouiller dans toutes les armoires et tous les tiroirs. Vava ne les ouvre jamais et j'ai fait faire des doubles de toutes les clés. Le dimanche, en fin de journée, ma fille rentre chez sa tante, la valise pleine de lithographies et de gouaches. Depuis la mort de son mari, Valentina vit repliée sur les souvenirs de son ancienne vie et ne s'occupe plus de rien.

— Il faudra récompenser ta fille pour les risques qu'elle prend. Et surtout, tu lui diras d'être prudente.

21

Conseils d'amie

Ainsi, le manège durait depuis deux ans sans encombre. Les enfants d'Irène se plaisaient à assurer chaque mois la livraison du ballot. Yann et son amant, Georges Guerra, un Français d'origine portugaise, pouvaient enfin s'installer dans leur luxueux appartement à Paris. Les deux faisaient bon ménage et Yann se fiait à Guerra pour assurer la réception du butin. Le tandem se chargeait par la suite d'écouler la marchandise à Paris.

Irène et ses enfants s'étaient offert un joli pavillon ensoleillé avec un magnifique jardin plat complanté d'oliviers millénaires, d'agrumes et de palmiers, aux abords du village de Saint-Paul. Elle continua de faire les commissions pour Valentina et de porter les paquets pour Charlotte. Une belle familiarité s'était établie entre la cuisinière et la bonne et elles se racontaient en secret tous les détails de leurs amourettes en prenant le café les après-midis.

Un jour, pour la première fois, Irène avoua que son mari la battait lorsqu'elle vivait avec lui à Paris.

Charlotte, pour la conseiller, lui suggéra de faire comme Valentina.

— Tu sais que madame a demandé le divorce après six ans de mariage.

— Vraiment? Raconte!

— Eh bien, c'était une question d'héritage! Elle s'occupait de toutes ses affaires et avait trouvé son testament. Dans le document, il paraît qu'il avait donné comme instruction de remettre après sa mort toutes ses œuvres, ainsi que l'appartement de Paris et la villa à ses enfants.

— Ç'aurait été bien fait pour elle, puisqu'elle les avait si malmenés.

— Mais, tu vois, Valentina est un fin renard, elle savait que la simple menace de se faire abandonner encore une fois par une femme terrifiait le pauvre homme.

— Alors, que s'est-il passé?

— Ils ont divorcé pour se remarier quelques mois plus tard sans en dire un mot aux héritiers. Ce qui est contre la loi. Mais avant, elle a mené de longues négociations pour parvenir à une entente qu'il accepta enfin de signer. Tu vois, c'est comme ça qu'elle a eu le beurre.

— Et l'argent du beurre, ajouta Irène pour finir la phrase de Charlotte.

Les deux femmes eurent d'abord un petit rire étouffé qui risquait de devenir incontrôlable. Irène ajouta :

— Je devrais faire la même chose avec mon mari.

Charlotte regarda Irène avec un sourire en coin et lui dit pour la taquiner.

— Si tu divorces, tu n'hériteras même pas d'un pot où pisser.

Les deux femmes se mirent à rire à belles dents comme si elles avaient été toutes seules dans la maison.

— Je sais, dit Irène, une fois rassérénée. C'est à lui que reviendrait ma nouvelle maison. Il faudra changer ça.

— Oui, et le plus vite tu régleras, mieux ce sera. Il ne faut pas se laisser maltraiter comme ça.

— Tu as raison, il y a trop longtemps que ça dure et je dois faire quelque chose. Je vais y songer, mais il faudra que le moment soit bien choisi. Sinon, je risque d'y laisser ma peau.

Irène se leva de table, les épaules lourdes.

— Je te laisse, j'ai du ménage à faire dans les salons.

*   *

*

Irène alla ensuite trouver Valentina qui ne sortait plus de sa chambre. Elle se disait souffrante de tous les maux et ne parlait que du passé, répétant toujours la même rengaine.

— Vous savez, Irène, c'est moi qui ai fait de mon mari un artiste international. Ses sujets bibliques, ses vieux juifs miséreux dans leur *shtetl* délabré, ses rabbins déprimants serrant de vieilles *Torahs* dans des cases en rondins n'intéressaient personne. Ce genre de tableaux se vendait mal et fichait le cafard aux enfants de ces gens qui ne vivaient plus dans les ghettos, mais plutôt dans de grands appartements de la Cinquième Avenue. Ce que les gens voulaient, c'était du bonheur, des couples d'amoureux et des bouquets de fleurs. Il était évident que si le Maître peignait comme ça, il pouvait faire des vues de Saint-Paul plutôt que de Vitebsk…

— Oui, madame Vava.

Un pinceau de lumière essayait de se faufiler dans la chambre lugubre entre les rideaux tirés.

— Vous voulez que j'ouvre les rideaux et les fenêtres pour que vous puissiez avoir un peu d'air et écouter les oiseaux? Il fait un temps magnifique, aujourd'hui.

— Non, laissez! Ce que je veux, Irène, c'est aller retrouver mon mari pour entendre le son de sa voix. Nous pourrions comme avant marcher bras dessus, bras dessous au bord de la mer. Il pourrait me rassurer de son regard, comme il le faisait avant.

Ne sachant que dire, Irène s'approcha du lit et offrit de retaper les oreillers et d'arranger les draps. Valentina la laissa faire. La bonne hésita un moment avant de dire :

— Madame Vava, je suis venue vous trouver pour vous demander quelques jours de congé. Je dois rentrer à Paris pour une question familiale.

— Rien de grave, j'espère?

— Non, c'est mon mari.

— Vous lui manquez?

— Je n'en sais rien, il a plutôt du plomb dans l'aile.

— Les hommes sans but ou sans leur femme sont comme des bateaux sans gouvernail ou sans capitaine.

Irène en pensant à son mari se mit à rire du bout des lèvres. Valentina depuis la mort du sien ne riait plus de bon cœur.

— Rentrez chez vous, Irène. Mais, vous devez me promettre de revenir le plus vite possible. J'ai besoin de vous. On se comprend et vous prenez si bien soin de moi. Il n'y a que vous qui arrivez encore à me faire sourire.

22

Les portes du cimetière

Le 7 février 1990

Irène avait informé Charlotte de son départ. Une fois sa valise bouclée, elle avait fermé la porte de sa chambre. Le chauffeur, toujours aussi taciturne, l'avait reconduite à la gare de Nice. Elle arriva à Paris tard en après-midi. Descendue du train, elle pressa le pas pour héler un taxi. Devant le logement, elle se décida à pousser la porte d'entrée et prit l'escalier jusqu'à l'appartement qu'habitait toujours son mari. Elle était rentrée à Paris pour payer le loyer, régler les comptes et servir à son mari, toujours en chômage, un dernier ultimatum.

Elle posa sa valise devant la porte et hésita avant de tourner la clé dans la serrure. En ouvrant, elle eut l'impression qu'elle entrait chez un étranger. Dans la cuisine, elle trouva Georges lisant son journal à la table carrée entourée de quatre chaises. Dans cette pièce étroite et sobrement meublée régnait le désordre d'un homme qui vit seul : des piles de vaisselle sale remplissaient l'évier et débordaient sur les comptoirs. Des pots de confitures ouverts se mêlaient à des bouts de pain séché, des bouteilles de bière, de vieux journaux et des tas de lettres toujours cachetées.

Il ferma son journal et la fixa, mais resta muet un long moment avant de dire :

— Tiens, voilà la comtesse qui daigne nous faire cadeau de sa présence.

Irène reconnaissait le ton malveillant, les mots choisis pour l'humilier. Mais elle ne pouvait plus reculer. Elle s'était taillé une vie pour elle et ses enfants et Georges ne faisait plus partie de ses projets. Elle avait les mains moites, plus une goutte de salive dans la bouche et elle sentait que ses genoux allaient fléchir.

— Je veux divorcer, s'était-elle entendue lui dire, surprise d'avoir eu le cran de le faire.

Déroutée par le silence de son mari, Irène se mit à justifier sa décision :

— Tu n'arrives pas à te trouver du travail et je ne veux plus payer pour cet appartement. Serge, Nadia et moi allons rester au bord de la mer. Il va falloir que tu ailles vivre ailleurs.

Georges fronça les sourcils et blêmit de rage. C'était l'écho de la voix de sa mère qu'il entendait, le jour où elle l'avait mis à la rue. « J'ai plus les moyens de te faire vivre, tu es assez grand pour te débrouiller par tes propres moyens. »

Irène lui avait tourné le dos. Elle sortit les assiettes et les casseroles sales de l'évier pour les placer sur le comptoir. Elle versa du savon liquide, posa le bouchon à chaînette et fit couler l'eau chaude pour laver la vaisselle. Son exaspération et son impatience se traduisaient sous la mousse de l'eau savonneuse, par l'entrechoquement des tasses ébréchées par les années d'usure.

— J'ai 55 ans, protesta enfin son mari. Personne ne veut m'embaucher et maintenant tu veux que je vive comme un clochard, à mendier sur les trottoirs. Tu veux aller vivre avec ton amant. Celui avec qui tu te balades sur toutes les routes de la Côte d'Azur. Ma sœur t'a vue au bras d'un mec!

D'habitude, leur dispute aurait dégénéré dans la cuisine entre le café et les tartines. Mais cette fois, tout bascula.

* *

*

Après son arrestation, Georges avoua aux enquêteurs :

— J'ai vu rouge et j'ai voulu la tuer. Le couteau de cuisine était à portée de la main. Fou de rage, je suis sorti de mes gonds et je l'ai poignardée d'un premier coup dans le dos, pour commencer. Ensuite, je ne me souviens plus de rien.

Le premier coup aurait manqué son cœur. Les onze suivants, donnés un peu partout, avaient atteint les poumons et le foie. La violence fut telle que la cinquième vertèbre cervicale fut brisée et la moelle épinière sectionnée.

Par la suite, Georges était allé tranquillement sonner chez son voisin de palier pour lui avouer :

— J'ai tué ma femme.

Lorsque les policiers pénétrèrent dans l'appartement, ils trouvèrent Irène gisant sur le sol dans une mare de sang. Elle s'était défendue comme elle avait pu. Mais après les premiers coups de couteau, elle s'était effondrée sans résistance, déjà inconsciente. L'anse de la tasse à café qu'elle lavait était toujours accrochée à son index alors que les ambulanciers étaient venus la secourir. Le reste s'était répandu autour d'elle, en mille éclats de porcelaine, comme un halo lumineux.

Devant l'évier, au moment de l'assaut, Irène vit la fenêtre chavirer, lui révélant un nouvel univers. Debout sur le quai d'une gare qu'elle reconnaissait, elle était toute seule au milieu d'un cortège d'anges, comme dans les tableaux de Chagall. Les trois voyageurs aux immenses ailes azurées évoquaient la Trinité. Au moment de faiblir, elle fut soutenue par deux d'entre eux.

« Ne crains rien », lui dit le troisième.

Elle comprenait qu'ils étaient là pour l'accompagner. Qu'ils étaient là pour la soustraire aux innombrables dangers qu'elle avait dû affronter sur terre, au milieu de tant d'ennemis qui tous cherchaient sa perte. Ils se présenteraient avec elle devant le tribunal céleste, pour rendre compte de ce qu'elle avait fait de sa vie. Et surtout, ils seraient à ses côtés pour la consoler de ses peines.

À l'horizon, un train saphir s'approchait, tandis que les anges, de leur voix astrale, entonnaient un chant monodique, annonçant dans leur langue séraphique la fin de sa vie et le destin qui allait l'emporter. L'engin, rugissant dans un tourbillon de fumée et de vapeur, entra en gare. Une seule portière s'ouvrit et Irène vit sa mère en descendre. Sur le quai, la vieille femme posa une main sur la joue pâle de sa fille, en la prenant par la main, elle la regarda de ses yeux doux et lui chuchota :

« C'est le moment de donner vie à la promesse faite, il y a de cela si longtemps. Viens, ma fille, il est temps de rentrer. »

*   *
*

Georges ne ressentait aucune pointe de culpabilité, ni même un pincement de regret. Il relatait les détails de son geste odieux avec détachement, comme s'il parlait d'un film à la sortie du cinéma. Aux enquêteurs qui lui demandèrent les motifs de son crime, il expliqua, après un long silence, que sa femme, après plus de vingt ans de vie commune, voulait le divorce. Elle avait trouvé un homme riche qui la sortait dans les grands restaurants de la Côte d'Azur, selon les dires de sa sœur à lui, qui les avait vus ensemble.

— Je ne comprends pas pourquoi elle me trompait. J'ai toujours été bon pour elle.

Le prévenu fut placé en garde à vue sur instruction du parquet.

23

Agonie

Le 17 février 1990

En pleine nuit, le téléphone sonna sur la table de chevet de Serge Menskoï. Encore endormi, il prit le combiné et, dans un demi-sommeil, une voix lui apprit ce qu'il redoutait depuis toujours. Il entendait bien chaque mot, sans pouvoir y répondre, mais arriva enfin à formuler :

— J'arrive !

Il s'habilla à toute vitesse, prit les clés sur le comptoir de la cuisine et sortit à la recherche de sa sœur.

Encore sous le choc, il embraya sa voiture. En passant par le centre-ville, il aperçut Nadia et Gigi qui sortaient d'un bar. Il freina et ouvrit la fenêtre du côté du passager et interpella sa sœur.

— Vite, monte ! On vient de me téléphoner, maman est aux urgences à Paris.

Pour une fois, Nadia obéit à son frère sans protester. Elle prit place à côté de lui.

Gigi resta sur le trottoir.

— Il lui a fait mal ! Elle va mourir, n'est-ce pas ?

Serge lui fit signe que oui.

— Le médecin m'a dit qu'elle a reçu douze coups de couteau dans le dos. Ils ont fait ce qu'ils ont pu, mais tous ses organes vitaux sont atteints.

Nadia tourna la tête et se mordit le poing pour ne pas se mettre à hurler.

* *
*

Les enfants d'Irène prirent le train de nuit pour Paris. En sortant de la gare, ils se rendirent à l'hôpital de la Croix Saint-Simon et se pressèrent autour du lit de leur mère. Depuis qu'elle était aux soins intensifs, elle flottait entre l'éveil et le rêve, comme à la dérive, sur le point de sombrer dans le courant des marées. Dans un état critique, elle était inconsciente depuis l'attaque : toutes les procédures avaient été suivies pour minimiser sa souffrance. On croyait qu'elle était dans le coma et qu'elle ne passerait pas la nuit. Un jeune médecin, venu constater son état à l'aube, s'était aperçu qu'elle était toujours lucide, lorsqu'elle entrouvrit les paupières pour le regarder.

— Madame Irène, je suis le docteur Gaspard, vous savez où vous êtes ?

Irène hocha la tête.

— Est-ce qu'il y a quelque chose que je peux faire pour vous ?

— Un prêtre et mes enfants, avait-elle soupiré.

Elle s'était ensuite cloîtrée dans son état de rêve éveillé, prête à quitter ce monde, mais elle resta accrochée à la vie, presque contre sa volonté. Maintenant, ses pensées allaient vers sa faible respiration et vers ceux venus l'entourer. Le prêtre prononça la prière de la foi selon l'Évangile de saint

Marc pour chasser les démons, lui donna le sacrement sous forme d'une onction d'huiles saintes sur le front et sur les mains. Il demanda au Seigneur de faire le reste en effaçant ses fautes et de prendre soin d'elle en la délivrant de toutes ses misères. Si elle avait commis des péchés, ils lui seraient pardonnés. Le prêtre fit un dernier signe de croix, remballa sa trousse et quitta la chambre.

Irène posa son regard sur son fils qui faisait les cent pas au pied de son lit, puis vers sa fille qui sanglotait.

— Il faut cesser, dit-elle à sa fille, dans un murmure à peine perceptible.

Nadia comprit que sa mère voulait qu'elle cesse de pleurer, alors qu'elle voulait dire que les vols devaient cesser. Nadia eut tout à coup un moment de révolte. Elle se tourna vers son frère en lui répétant.

— Pourquoi il a fait ça? Pourquoi il a fait ça? Elle ne le méritait pas!

Un heureux vide enveloppa Irène. Ce n'était ni le sommeil ni encore tout à fait la mort. Ce vide viendrait de nouveau l'accabler, une heure plus tard, la laissant sans moyen de mesurer le passage du temps.

À son réveil, elle s'aperçut que seul Serge la veillait. Le docteur Gaspard, voyant Nadia épuisée et affectée au point de divaguer, l'envoya dans la salle de repos. Il lui administra un sédatif pour soulager son état anxieux et émotif. Elle s'endormit enfin d'un sommeil lourd et accablé.

Irène sombra de nouveau dans le rêve en revoyant les visages heureux de ses parents lorsqu'ils étaient jeunes. Elle entendait parfaitement les rires mêlés aux jeux de son frère et de ses sœurs jumelles s'amusant dans les rues entre les corons, ces quartiers d'habitations étroites avec leurs petits jardins potagers dans la cour arrière.

Par intermittence, elle se souvenait abstraitement de scènes de sa vie : les processions religieuses de la Fête-Dieu avec l'ostensoir en forme de soleil, serti de pierres précieuses scintillantes. Elle revoyait la longue marche solennelle à travers la commune ; l'odeur de l'encens qui l'étouffait. Elle croyait entendre la résonance des tambours de la procession ; elle se revoyait dans l'église, à genoux pendant la messe interminable.

Elle se rappelait les punitions à l'école, parce qu'elle ne pouvait se souvenir de ses tables de multiplication, ou parce qu'elle faisait des fautes dans ses dictées, ou encore parce qu'elle avait tiré la langue à l'instant où la maîtresse lui avait tourné le dos. La force des bras de son père qui la soulevait pour la faire tourner au-dessus de sa tête. Le doux parfum de muguet en se collant contre la jupe de sa mère.

La douleur du premier coup de couteau lui revint, suivi des autres et sa chute contre le sol. Son incrédulité et son désarroi devant la cruauté de cet homme. Ses pleurs lorsqu'il avait appelé au secours.

À tout cela aussi son esprit s'était révélé incapable de s'accrocher et encore moins de se soucier du sort de cet homme. Un bref souvenir la traversa sans émotion aucune, éclipsé par la prise de conscience qu'elle allait bientôt mourir.

Son fils resta près d'elle. Il serait le seul à avoir le courage de l'accompagner jusqu'au bout. Il le ferait par devoir et par amour pour sa mère. Elle était celle qui avait encaissé les coups et qui l'avait protégé des poings de son père

Serge cessa enfin d'arpenter la chambre de la mourante. Il s'était assis dans le seul fauteuil de la pièce, passif, attendant l'inévitable. Par moments, il se recroquevillait, fermait les yeux et posait la tête sur ses genoux.

De son lit, Irène voulut lui tendre la main pour l'avertir de ne pas tomber dans le même piège qu'elle. Elle voulait lui dire combien elle avait gaspillé sa vie à essayer de faire tout pour les autres, par devoir, ce qui était contre nature et qu'elle s'en voulait. Il fallait qu'il sache que c'était sa vanité et sa cupidité qui l'avaient menée à sa déroute, avaient suffoqué sa conscience et étouffé tout soupçon de décence qu'elle possédait.

Enfin, le désir de rester en contact avec le monde s'amenuisa, sa main ne répondit plus. Ses forces l'abandonnèrent. Elle retrouva le confort de son isolement parfait, n'écoutant que sa respiration. Dans le contentement du sommeil, même son passé de fille pauvre sans espoir de s'en sortir s'effaçait. Rien de cette vie antérieure ne pouvait se revivre, être changé ou corrigé. Bientôt, son emprise sur cette triste vie allait être révolue.

Irène mourut à peine une heure plus tard, alors que Serge dormait paisiblement dans son fauteuil, la tête posée sur ses bras croisés.

Après le constat du décès par le docteur Gaspard, le cadavre de la victime fut transféré à la morgue pour que l'enquête sur le meurtre se poursuive.

Nadia et Serge quittèrent l'hôpital à l'aube. C'était la première fois qu'ils vivaient un deuil.

— Nous sommes des orphelins maintenant, dit Nadia.

Serge mit son bras autour de l'épaule de sa sœur. Tandis qu'elle pleurait la mort de sa mère, jamais il ne s'était senti aussi solitaire.

Au bout de cette interminable nuit, Nadia oublia un peu sa peine et se laissa distraire par les sottises que lui racontait son frère pour la faire sourire. Mais la mémoire lui revenait soudainement. Elle regardait autour d'elle comme si elle était égarée, implorant du regard les rares passants pour qu'ils l'aident à retrouver son chemin. Elle parlait un langage que personne ne pouvait déchiffrer et se mettait de nouveau à pleurer sa mère disparue.

— Viens, lui dit son frère, ne voulant plus voir sa détresse. Allons trouver Yann. Je n'ai plus envie de traîner dans les rues. Il pourra nous héberger quelques jours le temps que les choses se tassent.

24

Une affaire classée

Paris, le 21 février 1990

La commissaire, Andrée Renard, s'approcha de la fenêtre de son bureau pour réfléchir quelques instants. Elle venait de lire le rapport du médecin légiste qui avait pratiqué l'autopsie sur le corps d'Irène Menskoï. La description du nombre de lésions et de violences particulièrement graves ne laissait planer aucun doute quant à la cause du décès.

Ce dossier contrariait Renard bien plus qu'elle ne voulait se l'avouer. Comme la victime avait été au service de la famille de l'un des plus grands artistes contemporains de la France, le meurtre revêtait un sens particulier et toute cette histoire risquait de devenir fortement médiatisée.

La sonnerie du téléphone la fit sursauter et la ramena brusquement à la réalité. Elle décrocha le combiné et fut heureuse d'entendre la voix de son collègue, Xavier Brassard, au Commissariat de police central de la gendarmerie de Nice-Foch.

— Je voulais vous remercier de votre appel d'hier, dit-il. Les détails de vos investigations m'ont permis de mieux comprendre la dynamique de cette famille et la discorde entre les parents.

— Il n'y a pas de quoi, dit la commissaire. Leur situation ne relève pas de l'anomalie. La violence familiale est toujours difficile à traiter et les solutions sont rarement évidentes. Trop souvent, les femmes refusent de porter plainte à cause des enfants ou à cause de leur situation financière précaire.

— Et, rajouta son collègue, elles sont bercées par l'illusion qu'il ne recommencera plus.

— Tout cela embrouille les cartes avec des conséquences désastreuses.

— Pour aboutir, comme dans ce cas, à un dénouement tragique. Si je comprends bien, la femme de l'accusé était le seul soutien de la famille et le couple vivait de profonds différends et une relation singulièrement houleuse. Et ce, depuis plus de dix ans déjà?

— Tout cela est exact, précisa la commissaire. Dites-moi, avez-vous réussi à trouver l'individu que Georges Menskoï disait être l'amant de sa femme?

— Oui, l'homme s'appelle Jean-Luc Verstraete, mais il se fait appeler Yann. Il loue une chambre à la semaine dans un établissement balnéaire fréquenté par des personnes âgées.

— Il ne mène pas ce que je qualifierais une vie de sultan, dit Renard.

— Il y a une autre tournure inopinée et déroutante. D'après nos renseignements, il serait propriétaire d'un luxueux appartement à Paris. De plus, je peux vous assurer qu'il n'y a eu aucune liaison amoureuse entre Irène Menskoï puisque ce Verstraete est âgé de 38 ans.

— Irène, selon le rapport du médecin légiste, était une femme d'environ 55 ans. Il y a une trop grande différence d'âge entre eux, confirma la chef du bureau de Paris.

— Tout à fait. Au moment de leur rencontre, on croit que Verstraete travaillait à la pige comme courtier en tableaux au service de Jean-François Gobbi.

— Ce monsieur Gobbi a une bonne réputation comme marchand d'art non seulement ici à Paris, mais sur le marché international.

— Selon le témoignage de madame Chagall, la maison Gobbi devait inventorier et cataloguer les œuvres de son mari.

— Mais pourquoi tant de sorties avec Irène Menskoï?

— Valentina, depuis la mort de son mari, faisait entièrement confiance à sa bonne. Irène connaissait les recoins de la maison. Verstraete dit avoir voulu lui témoigner sa reconnaissance pour avoir facilité son travail. Il se peut qu'Irène et Verstraete aient eu beaucoup en commun puisqu'ils avaient les mêmes origines : le Nord-Pas-de-Calais.

— Ça expliquerait peut-être un peu les choses.

— Il y a un autre détail étrange qu'il ne faudrait pas négliger : Verstraete avait un amant, un certain Georges Guerra. Mais Guerra aurait récemment rompu leur liaison pour se mettre en ménage avec Nadia, la fille d'Irène.

— Tiens! Ah bon! Est-ce seulement une coïncidence?

— Je me suis posé la même question. Il faudrait y voir de plus près, puisque ce type était déjà dans notre ligne de mire.

— La plus grande discrétion est de rigueur dans toute cette affaire. Je ne voudrais pas que les détails s'ébruitent pour faire la une des journaux.

— Je comprends tout à fait, répondit Brassard.

— Je crois qu'aux yeux du juge, toute cette question sera vue comme un crime passionnel et la justice suivra son cours.

— Je vais quand même demander de mettre le courtier en tableaux sur écoute téléphonique.

— Je doute qu'on vous accorde un tel privilège, soutient Andrée Renard. Il n'y a aucune raison de le soupçonner d'un crime, sinon d'être un ami de la victime.

— Je vous tiendrai au courant des développements.

On frappait à la porte du bureau. Renard mit un terme à la conversation.

— Je ne vous dérange pas, madame ? demanda son assistant.

— Non, non, entrez, Marius.

— Mademoiselle Menskoï est là depuis quelque temps, vous lui aviez donné rendez-vous ce matin.

— Oui, oui, faites-la entrer tout de suite.

Andrée Renard regarda l'heure à sa montre. Elle pouvait se targuer de sa ponctualité et détestait attendre ou faire attendre les autres.

Elle se pencha quelques instants sur le dossier que venait de lui remettre son assistant et examina pour la énième fois la liste de questions qu'elle avait préparées la veille. Elle se leva pour aller à la rencontre de Nadia Menskoï, la fille de la victime.

— Mademoiselle Menskoï, je vous remercie d'avoir accepté de me rencontrer.

C'était en faisant appel à toute la délicatesse dont elle était capable que Renard invita la jeune femme à s'asseoir dans un des fauteuils autour de la table ronde. La commissaire ne voulait aucune barrière physique qui risquerait d'intimider la jeune femme. Elle cherchait à créer un espace plus intime, propice aux confidences.

Nadia s'installa à l'endroit désigné. Elle était mal à l'aise puisqu'elle était incertaine de ce que la commissaire allait lui demander.

— Mademoiselle Menskoï, dans cette difficile épreuve, je veux d'abord vous offrir toutes mes condoléances.

— Merci, commissaire Renard.

— Je vous suis très reconnaissante d'avoir accepté de venir me rencontrer et de bien vouloir m'éclairer sur le cycle de violence que subissait votre mère. C'est moi qui suis chargée de l'enquête et je dois vous poser quelques questions sur le comportement de votre père qui était l'auteur d'actes de violence dans votre foyer. Votre témoignage nous aidera à dresser son portrait et à mieux comprendre les circonstances qui ont mené à la mort de votre mère. Si vous ne voulez pas répondre à certaines des questions, vous n'aurez qu'à me le dire. Je dois aussi enregistrer notre conversation.

Nadia se troubla en entendant la requête de la commissaire, mais elle trouva le courage de répondre.

— Oui, oui, je comprends. Je suis prête à tout. Je veux qu'il ait à rendre pleinement compte de ce qu'il a fait. Dommage que la peine de mort n'existe plus. À bien y réfléchir, la décapitation ou la fusillade serait une issue trop facile pour lui. Je veux qu'il pourrisse au fond d'un cachot pour le reste de sa vie. Ma mère ne méritait pas de mourir comme ça.

La commissaire écarquilla les yeux, surprise par le ton acerbe et mordant des paroles que Nadia venait de prononcer. En interrogeant le regard de cette dernière, elle n'eut droit qu'à des sourcils froncés, à une bouche méprisante et une mine rébarbative.

— Si vous voulez bien, nous allons commencer. Quel âge avez-vous ?

— J'ai 18 ans et demi.

— Dans le foyer familial, qui subissait les agressions ?

Les moments de querelles de ses parents lui pesaient toujours sur le cœur et elle avait honte de devoir en parler avec l'officier de la police judiciaire. Elle baissa d'abord la tête et son visage empourpré par sa colère prit la couleur de l'écume. D'une voix faible, elle dit :

— C'était ma mère, dans le temps que nous vivions à Paris.

— Qui la violentait ?

— Mon père.

— Quel âge aviez-vous alors ?

— J'étais toute petite, je devais avoir cinq ou six ans la première fois que j'ai vu mon père frapper ma mère. Je me souviens qu'il l'avait giflée avec une telle force qu'il l'avait fait tomber de sa chaise. Avec le temps, ça a empiré. Il ne se contentait pas de la violence physique, il avait aussi recours à la violence morale. Toutes les raisons étaient bonnes pour dénigrer maman sur tout. Il critiquait son apparence, le travail qu'elle faisait et jusqu'aux repas qu'elle nous préparait.

— Étiez-vous toujours témoin lorsqu'il maltraitait votre mère ?

Avec chaque nouvelle question de la commissaire, Nadia gagna petit à petit de l'assurance.

— Au début oui, mais un jour, mon frère aîné, Serge, l'a menacé avec un couteau au moment d'une dispute violente, après il a arrêté de le faire devant nous. Parfois, on entendait maman crier et appeler au secours. Je me cachais sous mon lit. Une fois, mes parents s'engueulaient dans le couloir. Ma mère, pour lui échapper, lui avait tourné le dos pour se réfugier dans la salle de bain. Mon père l'a poussée et elle est tombée au sol. Lorsque je suis sortie de ma cachette pour aller la trouver, elle saignait du nez, puis elle a vomi. Du coup, j'ai dit à mon père en pleurant :

«Pourquoi as-tu fait ça?» Il a eu honte et il s'est enfermé dans sa chambre comme un lâche.

— Est-ce que vous savez pourquoi votre père était violent avec votre mère?

— Je crois qu'il se sentait inférieur à elle et ne le supportait pas. Il trouvait difficilement du travail et devait dépendre du maigre salaire que touchait maman. Il n'arrivait pas à nous faire vivre et sa fierté en prenait un coup. Alors, il la rabaissait, en lui disant des choses méchantes et cruelles.

— Est-ce que votre mère vous parlait de ce qu'elle subissait?

— Rarement. Elle savait que ça me donnait toujours envie de pleurer lorsqu'elle en parlait, alors elle évitait le sujet. Parfois, elle me disait qu'elle était désolée et tout, même si ce n'était pas de sa faute. J'en voulais surtout à ma mère de rester avec lui.

— Lorsqu'on n'a que sept ans, dit Andrée Renard, on n'est pas assez mûre pour comprendre la complexité de la situation.

— Oui, je sais, mais je me culpabilise beaucoup… Je ne voulais pas qu'elle souffre. Je me dis souvent que si j'en avais fait plus pour l'aider, je ne serais pas ici aujourd'hui à vous en parler.

— Il ne faut pas porter ce fardeau. Les enfants sont aussi des victimes dans les cas de violence familiale. Est-ce que vous pouviez en parler à quelqu'un?

— Au début, non, je n'en parlais pas. Je ne voulais pas parler de ça. Je n'en voyais pas l'intérêt et j'avais peur qu'il le sache et qu'il s'en prenne encore plus à ma mère. Un jour, je suis allée chez le médecin avec maman parce que je souffrais de migraines. Là, il nous a dit, à ma mère et à moi, qu'il ne fallait pas garder le silence. Du coup, j'ai commencé à en parler à mes amies. Ça me soulageait un peu.

— Avez-vous un copain ?

— Oui, seulement depuis quelques mois. Je ne fais pas facilement confiance aux gens. C'est difficile pour moi de parler de ce que je ressens et j'avais peur de tomber sur un garçon comme mon père, menteur et violent comme lui. Mais grâce à mon copain, j'apprends petit à petit à faire confiance. Il m'aime comme je suis, même si j'ai pris du poids. À cause de ce que j'ai vécu, j'ai aussi des troubles obsessionnels. Je suis angoissée par la propreté et il faut que tout soit en ordre là où j'habite. J'ai un tas d'autres difficultés, mais j'en passe. Je ne veux pas vous ennuyer avec mes petits soucis.

— Où habitez-vous maintenant ?

— Mon frère et moi sommes en visite chez un ami ici à Paris, mais depuis que ma mère travaillait pour sa nouvelle patronne, nous habitions à Saint-Paul-de-Vence. Mais, mon copain et moi avons trouvé un petit appartement dans le village voisin.

— Comment s'appelle votre copain ?

Nadia fit attendre quelque temps sa réponse.

— Je l'appelle… Gigi, mais son nom c'est Georges… Georges Guerra. C'est étrange, lui et mon père portent le même prénom.

La commissaire avait noté le moment d'hésitation de Nadia. Elle se demandait si Guerra n'avait pas usé d'intimidation lui aussi envers sa copine. Elle décida de ne pas poursuivre avec ce genre de questions. Elle s'inquiétait avec raison, puisque Nadia pourrait facilement refuser de coopérer.

La commissaire changea son approche.

— Votre père a plaidé coupable. Dans ce cas, le juge pourrait demander des rapports d'expert à propos de l'inculpé, en plus de déclarations des victimes, avant de prononcer la sentence. Seriez-vous prête à faire une déposition et témoigner en cour?

— Oui, parce que maman m'a toujours protégée. Elle a toujours été là pour moi dans n'importe quelle situation. Quand j'étais petite, elle comblait les manques de mon père par son amour, elle me faisait toujours plaisir. Très peu de personnes peuvent comprendre la haine que j'éprouve pour lui. À bien y réfléchir, je n'ai jamais eu de père, il n'est rien pour moi.

— Pouvez-vous m'expliquer?

— Mon père ne reconnaît pas qu'il était instable et enclin à la violence. Il a toujours minimisé ou nié les faits. Ses mensonges me mettaient hors de moi. Encore aujourd'hui, il dit qu'il n'a jamais maltraité ma mère. Seulement, une fois, il a été obligé de l'admettre, lorsque ma mère s'est réfugiée chez les voisins. Il n'a pas pu échapper à la réalité, c'était évident aux yeux de tous ce qu'il avait fait ce jour-là.

— Nadia, j'aimerais de nouveau vous remercier d'être venue me parler aujourd'hui et d'accepter de témoigner, au moment du procès, sur la violence que votre mère a subie.

— C'est difficile pour moi, mais c'est pour elle que je l'ai fait. Mon père, quant à lui, peut moisir en prison.

Andrée Renard ferma le bouton du magnétophone et raccompagna Nadia jusqu'à la sortie en mentionnant qu'on l'aviserait de la date du début des procédures judiciaires.

De nouveau assise, la commissaire s'installa devant son ordinateur. Elle ouvrit le dossier intitulé « Nadia Menskoï » et nota des bribes de l'entretien qu'elle venait d'avoir avec la fille de la victime. Elle referma le document et décrocha le combiné pour parler à son assistant.

— Marius, demandez à Arnaud Lupien de passer à mon bureau.

Quelques minutes plus tard, le jeune inspecteur frappa à sa porte.

— Vous vouliez me voir, madame?

— Oui, dit-elle en lui tendant deux photos et quelques notes griffonnées sur une feuille de papier. Vous connaissez ce mec?

— Oui, c'est un dur, un coriace. Il a déjà eu quelques démêlés avec la justice. Il aurait fait des menaces à un ancien amant qui refusait de lui donner de l'argent.

— Pour le moment, il est en ménage avec Nadia, la fille d'Irène Menskoï — née Madry.

— La dame qui a été poignardée par son mari, le 10 février dernier?

— Oui, elle était au service de la famille Chagall. Je veux que l'on m'informe des déplacements de Georges Guerra dans la ville. Je ne veux surtout pas que vous et vos hommes soyez repérés et je ne veux aucune mention de cette enquête dans aucun dossier. Vous me ferez un rapport à intervalles réguliers. Et vous m'avertissez sur-le-champ si vous découvrez qu'il menace Nadia de quelque façon que ce soit.

— Oui, c'est compris.

L'inspecteur Lupien prit les documents que son supérieur lui remit et se retira.

25

Les chancres

Installé derrière le volant de la voiture de luxe de Nadia, Gigi fumait à la chaîne. Il utilisait le mégot encore fumant de sa cigarette pour allumer la nouvelle et les grillait les unes à la suite des autres. D'une chiquenaude, il balançait par la fenêtre le bout de cigarette sur le pavé, sans prendre la peine de l'éteindre.

Garé à quelques mètres de la gendarmerie, il surveillait la porte d'entrée, tout en écoutant de la musique rock qui jouait à plein volume à la radio. Dès qu'il aperçut Nadia, il klaxonna pour signaler sa présence. Le repérant, elle lui fit signe de la main. Il démarra la voiture et fit de nouveau un geste qui traduisait son impatience. Au pas de course, elle vint le rejoindre. Il se pencha pour lui ouvrir la portière.

— Tu en as mis du temps! Qu'est-ce que les flics cherchaient à savoir? demanda Guerra.

— Tu plaisantes? dit-elle.

— Ils t'ont questionnée à mon sujet?

— Qu'est-ce qui te laisse croire qu'ils s'intéressent à toi? C'est de ma mère et de mon père qu'il s'agit.

Guerra lui tapota gauchement l'épaule et l'embrassa.

— Tu as raison, je suis bête. Écoute, que dirais-tu de partir en voyage pour te remettre de ce choc? Yann nous offre deux billets ouverts pour Tahiti. Ça te plairait d'y aller? Nous pourrions partir une fois que les choses se seront tassées un peu. Je sais qu'il te faudra du temps pour accepter la perte de ta mère, mais quinze jours au bord de la mer nous feraient du bien à tous les deux.

— Elle n'est plus, je le sais, dit Nadia qui s'était mise à pleurer. On dirait que je vis un mauvais rêve et que je vais bientôt me réveiller. Ma mère est partie pour toujours. Il faudra que je m'y fasse. Tu sais, en revisitant mes souvenirs avec la commissaire Renard, je me suis rendu compte que la relation avec ma mère n'était pas toujours simple. J'éprouve de la culpabilité et je me reproche de ne pas en avoir assez fait. Mais tu sais, elle est vachement sympa, ce flic. Elle m'a dit que j'avais été une enfant mêlée à des histoires d'adulte. Il n'y avait rien que je pouvais faire et que je ne devais plus me culpabiliser.

— Tu sais, Nadia, elle a raison.

— Parfaitement raison, affirma Nadia. C'est pourquoi je dois continuer à vivre ma vie et c'est ce que je vais faire. Je crois qu'on devrait faire ce voyage.

*   *

*

À peine quelques jours après l'enterrement de sa mère, Nadia témoigna avec beaucoup d'aplomb à l'ouverture du procès de son père contre lequel pesait une accusation de meurtre. Le frère de Nadia avait refusé de comparaître. Il se disait orphelin depuis la mort de sa mère et se faisait maintenant appeler Serge Madry en sa mémoire. Georges Menskoï avoua sa culpabilité, se doutant qu'il n'échapperait pas à la justice. Il fut condamné pour homicide volontaire avec préméditation. Le juge prononça la sentence prescrite selon l'article de la loi et lui imposa une condamnation à la réclusion criminelle à perpétuité.

26

Le prix du paradis

Quelques semaines plus tard, au comptoir du bar au centre de l'aéroport Charles-de-Gaulle, Nadia et Gigi attendaient avec impatience leur vol. Ils avaient déjà enregistré leurs bagages et obtenu leur carte d'embarquement. Lorsqu'elle s'installa dans son habitacle en première classe, Nadia avait l'impression d'être une vedette de cinéma partant en voyage de noces.

Bien que fourbus après un vol de vingt-deux heures avec une escale à Los Angeles, les deux tourtereaux attendirent dans la longue file pour faire tamponner leur passeport et enfin récupérer leurs valises. Le transfert de l'aéroport à l'hôtel s'était fait en bateau jusqu'à leur bungalow sur pilotis surplombant l'eau turquoise du Pacifique. Perché au-dessus du spectaculaire lagon aux plages de sable ivoire, leur refuge au plancher de verre permettait de contempler les fonds sous-marins que seules quelques tortues vertes occupaient.

Ils se laissèrent bercer doucement par la brise marine qui s'infiltrait dans leur chambre, caressant le voilage vaporeux du lit à baldaquin. Depuis la terrasse privée, ils pouvaient observer les couchers de soleil à couper le souffle et avaient accès aux eaux cristallines pour se baigner.

Tahiti leur offrait un éden enchanteur. Les pentes volcaniques tapissées d'une végétation luxuriante rejoignaient des vallées regorgeant d'hibiscus. Sur les plages au sable fin, les cocotiers se penchaient, balayés au gré des alizés maritimes, laissant pendre leur large couronne de feuilles pareille aux chevelures des filles de Nérée. Ce décor paradisiaque, avec ses jardins de corail, allait bientôt se transformer en cauchemar pour Nadia et la mener aux abords de l'enfer.

Au début de leur idylle, Gigi s'employait à remplir chaque jour d'activités insolites et extravagantes, cherchant à lui faire passer des vacances inoubliables. Il invita Nadia à faire de la plongée sur des récifs coralliens, à partir quelques jours sur un magnifique catamaran pour enfin se lancer sur la mer bleue en motomarine. Cependant, il gâchait toute chance de bonheur en ne manquant pas une occasion de parler d'argent. Il ne pouvait s'empêcher de rappeler à sa compagne le prix que lui coûtait chaque journée qui passait.

Un jour, il lui offrit un collier fait de perles noires de Tahiti. Son plan était net et brutal. Il comptait, par ce geste, la prendre au jeu qu'il avait souvent utilisé avec des amants ou d'autres filles pour payer ses comptes. Croirait-elle qu'il la portait dans son cœur ou commencerait-elle à deviner ses motifs? Il lui raconta une légende.

— Tu sais, Nadia, qu'en Polynésie, la légende veut qu'Oro, le dieu ancestral de la guerre et de la fertilité, soit descendu sur la terre en glissant sur le dos d'un arc-en-ciel. Sur l'île de Bora Bora, où il posa le pied, il serait tombé amoureux de la plus belle princesse de l'endroit. Pour gagner le cœur de sa bien-aimée, il créa une perle noire d'un morceau de firmament. La belle princesse jeta le joyau à la mer en guise d'offrande, où il fut capturé par une huître géante. Heureux d'avoir touché le cœur de sa princesse, Oro aurait accordé à l'oreille de mer, le don de la reproduction perpétuelle de la perle, à partir d'un simple grain de sable.

Puis il ajouta :

— C'est un peu comme les œuvres de Chagall. Elles pourraient nous offrir des richesses à l'infini.

— Qu'est-ce que tu veux dire ?

— En rentrant, si tu t'arrangeais pour prendre la place de ta mère dans la villa. Tu connais les habitudes de la maison et celle de la patronne. On pourrait continuer à sortir le butin de la maison, comme quand ta mère y travaillait.

Accablée de chagrin par la disparition de sa mère et abattue par les changements soudains et inattendus dans le comportement de Gigi envers elle, Nadia était effarée par l'aveugle confiance qu'elle avait faite à cet homme. Elle fut prise d'un grand frisson en constatant que ce qu'elle avait refusé d'admettre jusqu'ici devenait une évidence criante : le voyage n'était rien de plus qu'un appât empoisonné. Gigi ne l'aimait pas, ne l'avait jamais aimée, il ne cherchait qu'à se servir d'elle. Elle avait tout gobé et ne savait plus comment s'échapper du piège. À dix-huit mille kilomètres de la France, au milieu de l'océan le plus vaste du globe, personne ne pourrait lui porter secours. Elle suffoquait, et Guerra devenait de plus en plus despotique.

27

Le sort de la sirène

Un jour, n'en pouvant plus, elle sauta à l'eau, les pieds joints, depuis la terrasse de leur bungalow, pour échapper à l'homme qui cherchait à s'enrichir à ses dépens.

« Et si je me laissais emporter par les vagues, je pourrais m'offrir comme petit-déjeuner au premier requin qui voudra de moi. Je n'ai ni père, ni mère, à quoi bon continuer cette vie de faux-semblant. Cet homme ne m'a jamais aimée. Il ne cherche qu'à profiter de moi. »

Le fardeau devint trop lourd et elle laissa l'eau l'envelopper comme un linceul. Heureusement, dans la lagune, il n'y avait que les inoffensives tortues vertes, édentées, qui préféraient le régime des plantes à fleurs de leurs prairies marines à celle de la chair humaine.

De ses bras, elle fit onduler la surface de l'eau tiède. Un chatoiement de lumière l'aveugla. Elle plongea vers le fond en retenant son souffle. Elle espérait s'adapter au monde aquatique, telle une ondine évoluant au milieu des algues, des herbiers marins et des bancs de coraux. Comme ses cousines les tortues, elle ne remonterait à la surface que pour reprendre son souffle et évacuer l'excès de sel et de sable dans ses larmes.

Bien sûr qu'elle avait emporté des colis pour sa mère de la villa des Chagall et qu'elle les avait livrés à Yann, mais ce n'étaient que des cartons. Elle n'avait jamais mesuré l'ampleur de leurs escroqueries. Dans sa tête d'adolescente, sa mère travaillait pour les riches et touchait un salaire qui lui permettait de se payer une villa et une voiture pour la première fois de sa vie.

* *
*

Comme la petite sirène accablée de désespoir, Nadia réinventa en songe le conte avec une fin heureuse. Résolue de se défaire de Gigi, elle était descendue au fond des eaux trouver la sorcière des mers. Celle-ci lui avait remis un philtre qui transforma ses jambes de chair et d'os en une queue de poisson couverte d'écailles miroitantes et iridescentes. Des replis cutanés s'étaient formés à son cou pour abriter ses branchies. En guettant à l'orient la lueur rose de l'aube, elle avait aperçu sa mère à la surface des ondes. «Si tu le frappais au cœur avec ce couteau, lui dit-elle, tu deviendrais sirène et pourrais vivre désormais tranquille dans mon royaume.» Mais, à son réveil, ce n'était pas un prince qui se tenait devant elle pour la conduire au palais, mais un crapaud monstrueux.

* *
*

Depuis leur retour de vacances, Gigi répétait la même rengaine jour après jour.

— Tu ne vas tout de même pas rester là assise devant la télé à te morfondre. Allez! Tu as besoin de te remettre au travail. Téléphone à Valentina. Dans ta situation, elle va tout de suite te prendre à son service. Tu devrais aussi aller vider l'appart de tes parents avec Serge.

Au bout de quelques jours, Nadia, excédée par le harcèlement moral de son amant, composa le numéro de la villa. En entendant la voix de Charlotte à l'autre bout du fil, Nadia arriva à peine à dire :

— Bonjour, Charlotte, c'est moi.

Et elle éclata en sanglots.

— Pleure, petite, ça te fera du bien, avait répondu la cuisinière. Ta mère nous manque beaucoup, tu sais.

Entre les hoquets qui s'échappaient de sa gorge nouée, Nadia ne put débiter le texte que Gigi lui avait fait répéter.

Charlotte, prise d'une grande pitié, ajouta :

— Ma pauvre petite, il ne faut pas rester comme ça. Viens, tu resteras avec moi à la villa, le temps qu'il faudra pour te remettre. Nous pourrons causer et, toutes les deux, on sera moins seules, hein ?

— Vous êtes bien bonne, murmura Nadia entre deux soupirs.

— Alors, je t'attends en fin d'après-midi. Madame sera bien contente de te voir.

Nadia raccrocha et resta assise au bord du lit. Elle cessa de pleurer lorsqu'elle entendit Gigi entrer dans l'appartement. Elle se dépêcha de sortir une valise et de l'ouvrir.

— Tiens, tu fais tes bagages ? Tu vas où comme ça ?

Elle aurait tant voulu lui dire qu'elle le quittait.

— Charlotte m'invite à passer quelques jours à la villa.

— Eh ben ! Dis donc, je t'avais sous-estimée. T'es plus sournoise que je ne le croyais.

— Tu sais bien que je vais faire tout ce que je peux.

— Il ne faudra pas rater notre coup et surtout s'assurer de ne pas éveiller les soupçons.

— Oui, c'est ça, puisque l'amour du travail ne t'étouffe pas.

— Qu'est-ce que tu dis?

Gigi s'était levé d'un bond pour empoigner Nadia. L'emportement du petit homme et son regard d'acier dans ce visage cruel l'avaient fait frémir.

— Pauvre cloche, dit-il l'air farouche. Ta mère, elle, savait faire danser l'anse du panier, voyons si tu pourras en faire autant. Une bonne dizaine d'œuvres suffiront pour nous remettre à flot. Allez! Fais ta valise! Je vais te conduire chez Vava.

Tout au long du trajet jusqu'à Saint-Paul-de-Vence, Nadia et Gigi n'échangèrent pas un seul mot. Il était toujours furieux, tandis qu'elle serrait les dents. Le visage tourné vers la fenêtre de la portière, elle cachait son dépit et ne voulait pas qu'il devine les larmes qui lui montaient aux yeux.

28

Du pain bénit pour les pirates

L'interphone de la barrière ne fonctionnait plus depuis longtemps et Valentina, refusant de faire des dépenses inutiles, n'avait jamais fait réviser ni réparer le système électronique en panne. Gigi dut annoncer sa présence en klaxonnant à plusieurs reprises. Léon, le chauffeur taciturne et l'homme à tout faire, descendit à la hâte le sentier pavé au milieu du jardin fleuri de la villa. Il déverrouilla le grillage de fer forgé. À ses côtés se tenait le berger allemand qui avait été le fidèle compagnon de son ancien patron, mais qui, depuis sa mort, était devenu l'ombre du vieux gardien de la place.

— Il faudrait faire réparer votre machin, lui lança Gigi, en agitant le bras gauche par la fenêtre de l'automobile.

Le berger allemand se mit à gronder en réaction à la voix aigre et aux gestes injurieux et menaçants de l'étranger. Léon fit signe à la bête de se taire et recula pour laisser passer la voiture.

Devant la maison, Charlotte attendait l'arrivée de Nadia. En la voyant sortir de l'auto, elle vint aussitôt à sa rencontre. Dans les bras de la cuisinière, la jeune femme se remit à sangloter.

Au bout d'un moment, dans l'étreinte, douce comme celle d'une mère, Nadia se calma.

— Je vais prendre ma valise, dit-elle.

Elle resta immobile, indécise. Quand elle comprit que Gigi n'aurait pas la galanterie de descendre de la voiture pour l'aider, elle ouvrit le coffre arrière, sortit son maigre bagage et referma le hayon d'un coup sec. Gigi n'avait pas bougé d'un cran. Il craignait de voir arriver le chien. Sans même dire au revoir, il embraya, fit demi-tour et disparut dans un nuage de poussière.

— Viens, petite, nous allons prendre une bonne tisane et manger quelque chose. Ça te fera du bien.

Apercevant Léon qui remontait la pente du sentier vers la villa, Charlotte l'interpella :

— Dis, tu veux bien aller porter la valise de Nadia dans l'ancienne chambre de sa mère ?

Le chauffeur acquiesça d'un signe de la main.

*   *

*

La maison avait beaucoup changé. Les tableaux de couples d'amoureux enlacés contre le bleu calme du ciel, entourés d'animaux et de bouquets de fleurs flottant au-dessus d'un village ou de ses remparts, avaient tous disparu. Les lithographies et les gouaches s'étaient aussi volatilisées, ne laissant sur les murs que leurs traces fantomatiques : des formes blanchâtres où les cadres avaient anciennement occupé une place d'honneur sur le mur. Un rai de soleil pénétrait timidement dans le grand salon, entre les rideaux tirés.

— Dès que quelqu'un vient lui demander de prêter des tableaux pour une exposition, expliqua Charlotte, elle décroche tout et se plaint de n'avoir plus rien, prétendant que David et Ida lui ont tout pris. Ce qui n'est pas vrai du tout, les armoires et les tiroirs débordent de trésors. Tu t'imagines, la vente d'une seule gouache lui rapporte, au bas mot, cent mille francs. Ça nous permettrait à toutes les deux de faire la belle vie. C'est du pain bénit pour les pirates !

— Garde-t-elle tout sous clé comme avant ?

— Comme toujours, mais elle ne sait plus ce qu'elle a depuis que les lots ont été tirés au sort entre les héritiers. Après la mort du maître, tout a été rangé pêle-mêle et elle n'ouvre jamais les tiroirs pour en faire l'inventaire.

Nadia suivait Charlotte à petits pas à travers la maison en regardant à droite et à gauche. Elle fut surprise par ce qu'elle y voyait. La villa était à présent une maison qui avait cessé de vivre. Toutes les pièces, par leur sombre tristesse, reflétaient le deuil.

Dans la cuisine, Charlotte remplit une grosse bouilloire d'eau et la mit sur le feu.

— Je vais te faire une de mes infusions avec les herbes que Léon fait pousser dans son jardin. Tiens, installe-toi là, dit-elle, en invitant Nadia à s'asseoir à la grande table de la cuisine.

Elle sortit deux tasses.

Nadia suivait chacun de ses gestes du regard. Après un long moment de silence, elle se risqua à demander :

— Charlotte, croyez-vous que je pourrais prendre la place de maman comme femme de ménage pour Valentina ? Je n'ai pas d'emploi en ce moment et ça m'arrangerait. Je viens de m'installer à Martigues. Je viendrais passer la semaine ici et les week-ends je rentrerais chez moi.

Le sifflement de la bouilloire fendit l'air. Charlotte se hâta de fermer le gaz et versa l'eau chaude dans une théière de fine porcelaine et offrit à Nadia une tasse de son bouillon de sorcière dont elle seule donnait foi à ses vertus thérapeutiques.

— On verra. Bois, ça te fera du bien.

Puis elle tapota le dos de la visiteuse.

— Tu sais, depuis que maman est partie, ma vie ne se ressemble plus. C'est comme un grand trou noir. Rien ne sera comme avant. Je n'ai plus personne pour me protéger.

Nadia se remit à pleurer.

— Ne pleure pas, petite. Tu sais, ta mère t'aimait plus que tout au monde.

Nadia lui sourit d'un air triste.

— Ne t'en fais pas, je vais convaincre madame de te prendre à son service. Nous avons besoin de quelqu'un pour entretenir la maison et Valentina te connaît déjà. Elle et ta mère s'entendaient à merveille. Tu sais, ta mère était la seule qui arrivait à la faire rire. Elles se racontaient toutes sortes d'histoires qui ne tenaient pas debout.

— Maman aussi vous aimait beaucoup, Charlotte.

— Reste là. Je vais nous faire un petit quelque chose. Je n'en ai pas pour longtemps.

Et elle disparut.

Nadia se leva de table pour vider dans l'évier la tisane amère qui avait refroidi. De la fenêtre, elle suivait du regard Léon dans son jardin qui taillait ses rosiers.

Elle entendit, peu après, le bruit sourd de froissements du papier de boucherie et des pots qui s'entrechoquaient sur les étagères dans le garde-manger. Charlotte, dans son barda de provisions, faisait le choix des ingrédients pour la fougasse aux lardons et olives noires qu'elle servirait pour le déjeuner.

— Je peux vous aider ? demanda Nadia.

— Non, non, j'en ai l'habitude, dit Charlotte en réapparaissant dans la cuisine.

La cuisinière serrait du bras gauche un grand bol recouvert d'un linge blanc. Au creux de l'autre bras reposait le bout d'une meule de fromage dur et une râpe, alors que de la main droite, elle tenait un litre de crème. Nadia se précipita pour l'aider à poser sa brassée de vivres.

Du saladier de verre au centre de la table, Charlotte s'empara de la pâte qu'elle avait préparée plus tôt le matin. Elle avait mélangé de la farine avec de la levure fraîche de boulanger, de l'eau tiède, de l'huile d'olive et du sel. Elle avait formé une boule de pâte qu'elle avait laissée lever pendant plus d'une heure.

Elle huila ses grosses mains et se mit à pétrir la pâte élastique sur la planche de travail, de façon à faire sortir l'air et la modela sous la forme d'un grand pain plat. Au couteau, elle tailla six incisions dans la pâte, donnant l'illusion de nervures de feuilles. Ensuite, elle disposa le mélange de lardons qu'elle avait déjà fait revenir avec des oignons et déposa çà et là les olives dénoyautées et ouvertes. Elle badigeonna de crème toute la surface du pain parfumé et saupoudra le tout de fromage râpé et l'enfourna pour une vingtaine de minutes. S'essuyant les mains sur son tablier, elle sortit du frigo une bouteille et deux verres de l'armoire.

— Tiens, tu as tout bu ta tisane. Alors, Nadia, je te verse une petite larme de rosé en attendant que le pain cuise. Un petit remontant nous fera du bien à toutes les deux.

— Oui, je veux bien. Est-ce que Valentina et Léon vont se joindre à nous?

— Non, il a des courses à faire pour moi au village et, depuis la mort de ta mère, madame mange le plus souvent dans sa chambre. Elle n'est plus la même, tu sais. Ça lui a fait un choc.

29

Rapport de surveillance

Paris, juillet 1990

De retour au bureau après quelques jours d'absence, la commissaire Andrée Renard était débordée. En matinée, elle avait assisté à plusieurs réunions pour se remettre en mémoire les cas qui faisaient l'objet d'une enquête. Elle s'était ensuite consacrée à la lecture des différents dossiers. Après le déjeuner, elle s'était installée de nouveau à son bureau pour trier l'avalanche de documents reçus par télécopieur. Comme c'était une tâche dont elle ne venait jamais à bout, une heure plus tard, elle consulta sa montre et se dit qu'elle reprendrait plus tard. Elle fit pivoter son fauteuil, appuya sur une touche du téléphone et dit à son assistant Marius :

— Faites entrer Arnaud Lupien, s'il vous plaît.

Elle ajusta le veston de son élégant tailleur, enleva ses lunettes, mit de l'ordre dans les dossiers éparpillés pêle-mêle sur son bureau et se leva pour aller à la rencontre du jeune inspecteur.

Lupien entra et lui serra la main.

— Vous avez fait bon voyage ?

— Oui, quelques jours de repos m'ont fait grand bien. Alors, vous avez des nouvelles sur les déplacements de Nadia et de Guerra?

Lupien tira de la poche intérieure de son veston un carnet noir et se mit à en feuilleter les pages.

— Ah! Voilà, dit-il enfin. Selon nos renseignements, quelques jours après les funérailles de sa mère, Nadia et Guerra ont pris un vol pour Tahiti. Les billets ont été achetés dans une agence de voyages de Paris, gracieuseté de Jean-Luc Verstraete.

— Celui que Georges Menskoï accusait d'être l'amant de sa femme.

— Tiens, dit Lupin. Je ne savais pas qu'il y avait un lien entre Nadia et cet homme.

— Je soupçonne que Verstraete s'est arrangé pour que Guerra et Nadia aient une liaison amoureuse.

— Il y a du nouveau. De retour de voyage, continua Lupien, Nadia et Guerra ont pris ensemble un petit appartement à Martigues.

— Ça complique un peu les choses s'ils ne vivent plus à Paris...

— Nadia et son frère ont vidé l'appartement de leurs parents et elle semble avoir quitté la ville pour de bon.

— Est-ce que vous avez d'autres détails?

— Oui, nous venons tout juste d'apprendre que Nadia a été engagée par madame Chagall.

— Vous voulez dire qu'elle a pris la place de sa mère auprès de la veuve?

— En effet, elle passe la semaine à la villa. Les weekends, elle fait la navette entre Saint-Paul-de-Vence et Martigues.

— Vous ne trouvez pas ça un peu étrange, je dirais même morbide d'occuper le même poste que sa mère défunte ? C'est encore plus dingue que je ne l'imaginais. Mais quel serait l'intérêt ?

— C'est peut-être la seule prétendue «famille» qui lui reste, ou elle veut s'accrocher aux souvenirs de sa mère dans ce lieu. Nadia travaillait souvent avec elle à la villa lorsqu'elle finissait ses études. Quel autre métier pourrait-elle exercer ?

— Vous avez sans doute raison, Arnaud, mais il y a quelque chose qui ne tourne pas rond. Je ne comprends pas qu'elle se soit mise en ménage avec ce Guerra. Cet homme est un individu au passé douteux. Il a, soit dit en passant, un casier judiciaire long comme le bras. Il a été arrêté pour toutes sortes de méfaits : allant d'infractions mineures, de vol, de falsification, de fraude jusqu'à l'attaque d'un transporteur de fonds. Je crains pour la sécurité de Nadia.

— Est-ce qu'elle a porté plainte contre lui, commissaire ?

— Non, mais, disons que je me fie à mes instincts de femme. Enfin ! Seul l'avenir nous le dira. Laissons les choses suivre leur cours, mais tenez-moi au courant s'il y a du nouveau ou si Guerra se conduit de manière louche.

Arnaud Lupien salua sa supérieure et quitta le bureau. Dès qu'il fut parti, Andrée Renard s'installa de nouveau devant son ordinateur et nota dans le dossier de Nadia les derniers détails que l'inspecteur venait de lui fournir.

30

Le banquet des corneilles

Avant de quitter Paris, Nadia et Serge s'étaient cloîtrés dans l'ancien appartement de leurs parents. Pendant deux jours, ils le vidèrent de son contenu et en firent le grand ménage, en commençant d'abord par la cuisine et le salon.

En soirée, Nadia, assise devant le miroir de la commode de sa mère, fouillait le petit meuble. Dans le tiroir à droite, elle trouva quelques objets ne correspondant en rien aux goûts de sa mère. C'étaient des babioles, des colifichets, des bijoux sans valeur. « Sans doute des cadeaux que lui offrait papa pour se faire pardonner », pensa-t-elle.

Dans celui de gauche, sa main effleura un petit sac de cosmétiques. Elle ouvrit la fermeture éclair et trouva les fards et les fonds de teint que sa mère utilisait pour cacher ses contusions et ses bleus. Entremêlée aux autres pots et aux tubes à moitié vides se trouvait une cordelette de cuir sur laquelle était suspendu un trousseau de clés.

Nadia entreprit de les comparer, une à une, à celles qu'elle avait dans la poche de son jean. D'abord, elle mit de côté les clés qui ouvraient les portes de l'appartement, sachant qu'elle ne remettrait plus jamais les pieds dans cet immeuble. Elle voulait se défaire de tous les objets susceptibles de raviver les mauvais souvenirs de la place. Mais, à l'anneau de métal pendait toujours une demi-douzaine de clés destinées à de petites serrures, comme celles que l'on trouve sur des coffrets de bois ou les tiroirs d'un bureau. Incertaine de ce qu'elle devait en faire, elle demanda à son frère s'il pouvait les identifier.

— Serge, est-ce que ces clés te disent quelque chose?

— Non, tu devrais les mettre à la poubelle avec tout le reste.

— Tu ne veux pas les garder?

— Pour quelle raison?

— Je ne sais pas. Pour avoir un petit quelque chose de maman.

— Nadia, je ne veux rien garder du passé, sauf l'image de maman le matin lorsqu'elle nous préparait le petit-déjeuner et qu'elle nous couvrait d'attention et d'affection. Tu te souviens des airs de son coin de pays qu'elle fredonnait en travaillant?

— C'était seulement le matin, puisque le soir, lorsqu'elle rentrait, elle devait se taire pour ne pas déranger notre père. Nous mangions sans dire un mot de peur de déclencher la tempête qui semblait toujours se profiler à l'horizon.

— Ces clés, tu les as trouvées où?

— Cachées au fond d'un tiroir de sa commode.

— Maman, sans doute, ne voulait pas qu'il les trouve. Voyons si elles ouvrent quelques portes secrètes.

Le frère et la sœur se mirent à fouiller, sans succès, tous les coins du logis. Presque à bout d'idées et d'énergie, Nadia se souvint, tout à coup, d'un moment précis, lorsqu'elle passait les week-ends à la villa des Chagall. Nadia avait aidé sa mère à sortir des tapis de la maison pour les suspendre sur une des cordes à linge du jardin. Irène s'était penchée pour ramasser une tapette en rotin pour battre les tapis, découvrant le collier qu'elle portait

autour du cou. Les clés pendaient au bout de leur cordelette et avaient tinté comme de jolies clochettes. D'un air
inquiet, sa mère les avait vite recueillies d'une main pour
les soustraire au regard et, à la hâte, avait enfoui le curieux
collier sous sa chemise.

— Je viens de trouver, dit-elle à son frère. Ce sont des
clés de la villa.

— Tu es certaine ?

— Je le saurai dès que je serai sur place.

— Allons, finissons ce que nous avons commencé. Je
voudrais prendre la route avant la tombée de la nuit.

31

Les clés du trésor

Dès le lundi matin, en rentrant au travail, Nadia demanda à madame Valentina si elle pouvait aller dépoussiérer les ateliers.

— Oui, mais avec le plus grand soin. Je veux que ces lieux restent comme il les a laissés.

— Très bien, madame, je ne dérangerai rien.

Nadia se rendit d'abord dans l'atelier à dessins, sachant que personne ne viendrait l'épier. Charlotte ne quittait plus sa cuisine et Léon était dehors avec le chien Pasha, son inséparable compagnon. Il était occupé à entretenir les arbres fruitiers autour de la villa. La patronne, maintenant octogénaire, restait dans ses appartements, entretenant de longs monologues avec Chagall, son défunt mari.

Lorsque Nadia pénétra dans la pièce encombrée, pleine de soleil, une nappe de poussière d'or se mit à danser, soulevée par le courant d'air de la porte qu'elle venait d'ouvrir. La lumière naturelle inondait tout l'espace de travail. Pour y être venue souvent avec sa mère, l'endroit lui était familier. Elle perçut tout de suite une faible odeur de papier mêlée à celle de la térébenthine. Une longue table de bois rectangulaire, installée devant une large fenêtre, était entièrement dégagée. Les monticules de croquis et de dessins avaient tous disparu. Les pots placés à portée de main contenaient encore leurs pinceaux et leurs crayons de toutes tailles, leur donnant l'allure d'une famille de hérissons avec leurs piquants dressés. Sur un des coins perchait toujours la lampe articulée comme un héron.

Au centre du studio, plusieurs chevalets, de différentes tailles, telle une forêt d'arbres dénudés n'arboraient plus, comme par le passé, leurs feuilles de papier vivement colorées et tenues en place par de larges pinces.

Nadia pendit ses linges sur le dossier d'une chaise. Elle avança d'un pas hésitant et posa sa main machinalement sur le collier de clés qu'elle venait de sortir de son chandail. Devant les grandes armoires peintes en blanc, qui faisaient la longueur de la pièce, tout à l'opposé de la table de travail, elle saisit le trousseau et passa la cordelette au-dessus de sa tête pour enlever le collier. En tâtonnant, elle cherchait à trouver à quelle serrure pouvait correspondre chacune des clés. Une par une, elle trouva la bonne combinaison. Dès qu'elle eut réussi à ouvrir une première porte, elle sut que cette clé pouvait ouvrir tous les tiroirs d'une même armoire. Avec un crayon-feutre trouvé sur la table de l'artiste, elle marqua chaque clé d'un symbole bien visible.

Une fois les serrures à secrets d'une armoire décodées, elle vérifia en verrouillant et déverrouillant chaque tiroir et chaque porte pour s'assurer qu'elle avait bien identifié les clés.

Devant les portes closes, elle demeura pensive un moment.

« Comment sortir les dessins de la pièce, sans que j'aie l'air de quelqu'un qui fait des trucs louches ou sans avoir l'air coupable ? » pensa-t-elle. Elle n'avait pas encore trouvé la façon dont elle s'y prendrait pour voler les trésors. Elle décida de revenir, à intervalles irréguliers, au cours des prochaines semaines. Ses visites à l'atelier correspondraient avec la routine de ses tâches ménagères, sans engendrer la crainte d'une infraction et sans risquer de faire naître des soupçons à son égard. Ce délai lui donnerait amplement de temps pour tout ouvrir et scruter le contenu de chaque tiroir. De cette façon, ses allées et venues dans la maison et les studios n'éveilleraient ni inquiétude ni reproche susceptibles de compromettre son rôle d'employée digne de confiance.

Avant de quitter les lieux, elle ouvrit une fenêtre et s'activa à faire un peu de ménage, en prenant soin de secouer ses linges dehors, au cas où Léon s'interrogerait sur sa présence dans cette partie de la maison.

Tout à coup, elle fut envahie d'une sourde angoisse.

Consciente qu'elle s'était enfermée dans un piège sans issue, elle craignit de finir comme sa mère. Il fallait à tout prix qu'elle se défasse de Guerra, sinon, elle courait à sa perte.

32

Les complices

Par un samedi ensoleillé, vers onze heures et demie, Nadia était venue rencontrer son frère pour déjeuner avec lui au Quai des Pirates de Martigues. Serge fumait une cigarette sur le trottoir en attendant sa sœur.

Heureux de la voir arriver seule, sans Guerra, il lui fit la bise.

— Tu as l'air fatiguée, lui dit-il, en l'entraînant dans le restaurant bondé.

— Ça va, juste un peu inquiète, c'est tout. C'est dur, tu sais, ce métier de femme de ménage.

— Ne t'en fais pas, ça ne durera pas éternellement.

— J'ai réservé une table près de la rue. Ça te va ? Nous pourrons mieux parler.

Serge alluma une nouvelle cigarette et posa ses coudes sur la table. Il se pencha légèrement vers l'avant et, sans parler, regarda un instant sa sœur. Son visage lui rappelait celui de sa mère. Il eut un pincement au cœur.

En faisant allusion au but de leur rencontre, il demanda simplement à voix basse :

— Alors ?

— C'est tout trouvé, j'ai résolu le casse-tête des clés.

Serge lui fit un clin d'œil et un large sourire se dessina sur ses lèvres minces. Satisfait de la nouvelle, il fit signe à la serveuse d'apporter à boire.

En attendant de se faire servir, Nadia regardait le mouvement des touristes sur les deux trottoirs. À cette heure de la matinée, il y avait toujours une foule extraordinaire de passants. Certains s'attardaient pour lire le menu et les prix affichés dans les vitrines des cafés, d'autres se rendaient chez le boulanger pour une bonne baguette, ou sortaient de chez le marchand de poisson avec un cornet de moules au persil qu'ils allaient déguster sur un banc, face à la mer. La boutique du charcutier était pleine de monde. La meute de clients débordait en une bousculade d'impatients, forcés de faire la queue dehors sur plusieurs mètres, en attendant leur tour.

À mesure que les tables du restaurant se remplissaient et que les assiettes étaient servies, les convives semblaient parler de plus en plus fort. Par moment, des éclats de voix et de rire remplissaient la salle.

Nadia, voyant que son frère avait la tête ailleurs, s'avança pour lui tirer sur la manche afin de le sortir de sa rêverie. En suivant son regard, elle s'aperçut qu'il laissait courir ses yeux sur la taille mince d'une des serveuses.

— Tu m'écoutes, il faut que tu m'aides. Je ne sais pas comment faire.

— Tu ne sais pas comment faire quoi ?

— Les sortir de la maison.

— Tu m'expliques où se trouvent les œuvres, ça me donnera le temps d'y réfléchir.

Nadia, à demi-voix, lui fit la description des ateliers, de l'emplacement des armoires et du nombre de tiroirs de chacune d'elles.

Serge l'écoutait attentivement et, au bout d'un moment, s'exclama :

— Un sarrau de laboratoire.

— Un quoi ?

— Un sarrau de laboratoire, tu sais ce manteau blanc que portent les médecins. J'en porte un bleu parfois lorsque je dois travailler sur le moteur d'une automobile.

— Mais, j'aurai l'air de quoi ? Habillée comme un médecin, ils se demanderont ce que je fabrique !

— Sotte, il n'a pas besoin d'être blanc. En fait, il serait préférable d'en porter un gris ou un bleu foncé. Tu n'auras qu'à dire que tu veux protéger tes vêtements. Disons, le vendredi avant de rentrer, puisque tu dois rencontrer quelqu'un pour prendre un verre ou pour aller danser.

— Mais je n'ai pas besoin de protéger mes vêtements, je me change toujours avant de partir.

— Nadia, cesse de faire l'andouille. Ce manteau fera double usage.

— Tu m'embêtes à la fin ! Explique-moi !

— Il y a deux grandes poches sur le devant.

— Oui, mais elles ne sont pas assez grandes pour cacher une feuille de la dimension de, tu sais…

— Je suis tout à fait d'accord, mais tu peux coudre deux grandes poches de la bonne dimension à l'intérieur. De cette façon, tu pourras glisser les gouaches ou les lithographies dans la doublure.

— Et pour les sortir de la maison ?

— Tu vas demander à Guerra de te trouver une valise à double fond. Dans le métier qu'il pratique, ce sera un jeu d'enfant. Une fois ton ménage des ateliers fini, tu n'auras qu'à te rendre dans ta chambre pour mettre le tableau dans ta valise. Tu pourras ensuite me remettre ce que tu auras sorti du studio et j'en ferai la livraison à Yann. Et le tour sera joué.

Les deux vidèrent leur verre et Serge paya l'addition. En voyant que sa sœur avait l'air préoccupée, il la rassura :

— T'en fais pas, ça va marcher !

— Oui, je sais, mais…

— Mais quoi ?

— Si on se fait pincer ?

— Écoute, personne ne surveille ce qui se passe, comme tu l'as dit et ça ne fera qu'un temps. Avec les poches bourrées d'argent, on pourrait aller vivre à Tombouctou ou au Canada. C'est grand là-bas et, sans preuves, ils ne pourront rien faire.

Nadia se mit à rire.

— Je dois rentrer, Gigi m'attend.

— Tu veux que je te conduise ?

— Non, ça va, Serge, je vais marcher. L'air frais me fera du bien. J'ai besoin de réfléchir à ton plan.

— Tu m'appelles la semaine prochaine avant de quitter la villa.

Nadia fit signe que oui, lui fit la bise et s'éloigna.

Tout en suivant le quai, elle regardait les jolis tableaux, tout en couleurs, des bateaux, et des paysages que les peintres de la mer exposaient pour les touristes et les curieux.

33

L'Âne vert

Paris, janvier 1992

Marius frappa à la porte du bureau de sa patronne.

— Madame, il y a un visiteur qui demande à vous parler immédiatement.

Un peu contrariée par ce dérangement, Andrée Renard s'informa du but de cette requête.

— Il vous a dit pourquoi il tenait à me voir?

— Non, madame, je ne connais pas la raison de sa visite, sauf qu'il insiste, disant que c'est urgent.

— Faites-le patienter encore un peu, j'ai besoin de quelques minutes pour ranger mes dossiers, ensuite, je viendrai le chercher pour entendre ce qu'il a de si pressant à me raconter.

Une fois les choses en ordre, la commissaire se leva de son bureau et ouvrit la porte.

— Désolée de vous avoir fait attendre, s'excusa-t-elle auprès du visiteur. Si vous voulez bien me suivre.

L'homme septuagénaire se leva et emboîta le pas à la commissaire. On aurait dit un aristocrate dans son costume Prince de Galles gris, en cachemire du quartier Mayfair à Londres, célèbre pour ses maîtres tailleurs. De taille moyenne, il possédait à la fois une élégance de l'âme et de l'allure. Ses gestes étaient gracieux et son regard expressif et alerte. Il était un de ces hommes faits pour être toujours en contact avec leur monde préféré : les gens riches et les artistes. À première vue, il offrait une vague ressemblance avec Pierre Arditi. Il semblait avoir la capacité de découvrir les signes cachés d'un monde complètement différent aux yeux des autres.

— Entrez, je vous prie, dit-elle. Nous allons nous installer là, en désignant un des deux fauteuils placés de chaque côté d'une table ronde.

— Madame, permettez-moi de me présenter, je m'appelle Michel Brodsky. Je suis le frère cadet de Valentina Chagall.

Andrée Renard dévisagea son interlocuteur. Elle était à la fois intriguée et ébahie par son visiteur.

— Si vous le permettez, je vais prendre quelques notes pour ne rien oublier de notre conversation.

— Certainement, je vous en prie. J'espère ne pas vous ennuyer avec mes bavardages.

— N'ayez crainte. Je suis curieuse de connaître la raison de votre visite.

— D'abord, je suis ravi que vous ne m'ayez pas pris pour un vieux fou.

— Comment puis-je vous être utile ? s'enquit Andrée Renard en souriant.

— Eh bien, depuis la mort de mon beau-frère, ma sœur m'a fait cadeau de leur appartement au 13 quai d'Anjou de l'île Saint-Louis, puisqu'elle ne veut plus quitter la villa de Saint-Paul-de-Vence.

— Vous habitez là depuis quelque temps déjà ?

— Depuis bientôt six ans. C'est étrange comme le temps file entre les doigts à mon âge.

Andrée Renard hocha la tête.

— Depuis que je vis à Paris, continua Michel Brodsky, une de mes habitudes est de faire la tournée des galeries au moins une fois par mois, pour me tenir au courant des nouveautés. Je fais toujours le même circuit.

— Est-ce qu'il vous arrive d'acheter des œuvres ?

— Non, ce n'est pas la peine. Les murs de mon appartement sont tapissés des plus belles œuvres du monde.

— Oui, j'en conviens, répondit la commissaire, cette fois riant de bon cœur.

— C'est très délicat, ce que je vais vous raconter. Un jour, au cours de mes visites, j'ai aperçu dans la vitrine de la galerie Marcel-Bernheim, une gouache intitulée *L'Âne vert*. Elle était accompagnée d'un certificat du Comité Chagall. Mais, à ma connaissance, cette œuvre appartenait toujours à ma sœur et elle n'avait aucune intention de la mettre sur le marché.

— Vous êtes certain de ce que vous avancez ?

— Je mettrais ma main au feu, puisque j'étais présent le jour où les lots de valeur égale ont été tirés au sort, c'est-à-dire à l'aveuglette, entre les trois héritiers. Ils ont reçu chacun leur part de tous les tableaux, gouaches, aquarelles et lithographies que Chagall leur avait légués. *L'Âne vert* a été remis à ma sœur. Je me suis souvenu de cette œuvre à cause de son unicité. Voyez-vous, le Maître a peint des armées de clowns et des allées de glaïeuls, en plus de tous ses tableaux ayant les mêmes thèmes bibliques, mais un seul âne de cette couleur.

— Votre sœur vous a-t-elle confirmé que cette œuvre se trouvait encore chez elle ?

— Elle se souvenait de l'œuvre bien sûr, mais ne pouvait confirmer l'endroit où elle se trouvait, puisqu'elle refuse, depuis la mort de son mari, d'ouvrir les tiroirs à plans dans ses studios. Elle se plaint souvent qu'on lui a tout pris.

— Avez-vous questionné le propriétaire de la galerie ?

— Quelques semaines plus tard, je suis repassé chez Marcel-Bernheim. Le gérant, Yves Hémin, m'a dit que l'œuvre avait été vendue pour 200 000 francs, mais il ne voulait pas divulguer le nom de l'acheteur.

— Est-ce que Yves Hémin sait que vous êtes un proche parent de Chagall ?

— Non, je ne suis qu'un gentil vieux monsieur qui visite sa galerie régulièrement pour se désennuyer.

Andrée Renard lui sourit.

— Nous allons d'abord vérifier où se trouve cette œuvre et, par la suite, s'il s'agit d'un vol, nous allons ouvrir une enquête en vue de savoir s'il y a en effet eu pillage d'œuvres. Je vais vous demander de ne pas alarmer votre sœur. Il faut que tout se déroule dans le plus grand secret pour le moment, afin de ne pas alerter les responsables du recel. Si recel il y a eu.

« Vous comprenez, c'est une question de trésor national et nous devons procéder avec prudence et discrétion. Une cellule spéciale de la défense du patrimoine culturel se chargera des recherches préliminaires. Ce sont des spécialistes dans ce genre d'affaires. »

— Je comprends parfaitement, madame Renard, vous pouvez compter sur mon entière discrétion et ma coopération.

La commissaire donna sa carte à Michel Brodsky et le raccompagna jusqu'à la porte de l'édifice.

— Vous me téléphonez tout de suite, si vous vous inquiétez pour la sécurité de votre sœur.

Avant de retourner dans son bureau, elle demanda à Marius de téléphoner à Clément Toussaint.

— Dites-lui que c'est urgent et que je veux le voir immédiatement.

34

La mort de Valentina

Saint-Paul-de-Vence, décembre 1993

Toujours à l'affût de sujets de conversation à servir à Léon au petit-déjeuner, Charlotte trouvait sans cesse moyen de lui livrer quelques ragots des amourettes sans lendemain de Nadia. Ça l'amusait, puisqu'elle savait que le chauffeur-jardinier s'était épris de Nadia à en être malade. La cuisinière le voyait dans la façon qu'il avait de la regarder, lorsque la bonne était à table avec eux pour les repas du midi et du soir. Les week-ends, il devenait bourru et grognon lorsqu'elle rentrait chez elle. Les jours de semaine, à la villa, il la suivait comme un chien battu.

« Il n'y a pas pire idiot qu'un vieil idiot ! » se répétait souvent Charlotte. « Et moi qui m'éreinte à lui préparer tous les petits plats dont il raffole. Il faut le voir lorsqu'il va porter des roses dans sa chambre. Il est tout chaviré, comme s'il venait de faire ses dévotions à une sainte dans une chapelle. Je suis certaine qu'il fouille dans les tiroirs pour toucher ses sous-vêtements. »

— Tu sais qu'elle vient de le mettre à la porte, lui dit-elle, un jour.

Léon faillit s'étouffer avec son café.

— Qu'est-ce que tu dis?

— Hier, en rentrant, Nadia est venue me trouver pour me dire qu'elle ne pouvait plus endurer son Gigi. Elle se plaignait qu'il lui bouffait tout son fric.

— Pas surprenant, à le voir les week-ends lorsqu'il venait, parfois, la chercher. Au volant de la BMW cabriolet M3, il avait l'allure d'un vrai poseur avec les fringues qu'il se mettait sur le dos. Cette bagnole coûte presque un demi-million de francs. Elle n'a pas les moyens de payer pour cette vie de patachon. Elle aurait dû s'en méfier. C'est le genre d'homme qui a des goûts de champagne sur un budget de bière.

— C'est un coriace, ce type. Selon Nadia, il aurait déjà déménagé ses pénates chez sa nouvelle copine. Il en a trouvé une autre avec les moyens de le faire vivre et il habite à Saint-Cyr-l'École maintenant.

Léon demanda d'une voix fébrile :

— Elle vit donc seule, maintenant?

— Oui, mais tu sais, c'est le genre de fille qui se trouvera bientôt quelqu'un d'autre. Elle est un peu grassette, comme moi, mais pas mal du tout et elle n'a pas peur de l'ouvrage. Qui ne voudrait pas d'une femme comme celle-là?

Les dernières prédictions de Charlotte frappèrent Léon comme une gifle en pleine figure. Il posa sa tasse, poussa son assiette à demi pleine et se leva de table, furieux, en claquant derrière lui la porte de la cuisine.

«J'ai peut-être poussé le bouchon un peu trop loin», marmonna Charlotte, en posant les assiettes dans l'évier, un sourire malin aux lèvres.

Au même moment, Nadia entra en coup de vent dans la pièce.

— Charlotte, venez, c'est madame! Je crois qu'elle est souffrante. Elle m'a demandé de faire venir le médecin. Elle a vraiment mauvaise mine.

* *

*

Quelques jours avant Noël, Valentina mourut. Son frère et ses domestiques furent les seuls à la pleurer. Les obsèques eurent lieu dans le petit cimetière chrétien du village. Son beau-fils David et sa belle-fille Ida n'assistèrent pas à la modeste cérémonie. La dépouille mortelle de Valentina reposait maintenant, comme elle l'avait exigé, dans la sépulture à côté de son mari. Elle laissait en héritage tous ses biens matériels à son frère Michel.

35

Le nouveau patron

Comme maigre consolation, Charlotte offrit à Nadia ce vieux dicton : « Un nouveau balai fait place nette », lorsque la jeune femme se plaignait que le frère de Valentina était trop exigeant et qu'il défaisait, à mesure, le travail qu'elle faisait de peine et de misère dans la villa.

— Voilà six mois qu'il arrache les rideaux, qu'il fait rentrer les peintres, les décorateurs, les tapissiers et les plâtriers pour tout refaire. Avec tout ce va-et-vient qui n'en finit plus, et tout ce monde qui met la maison en l'air, il y a de la poussière partout. Même ma chambre est sens dessus dessous. Je n'arrive plus ! Et je ne le supporte plus !

— Tu devrais voir le désordre dans les salons après la visite de ses amis parisiens. Le dimanche soir, après leur départ, Léon et moi on fait de notre mieux pour tout remettre en place avant que tu arrives.

— Si les choses ne changent pas, menaçait Nadia, je vais rendre mon tablier.

— Voyons petite, les choses vont se tasser. Monsieur n'est plus un jeune homme. Une fois son grand ménage terminé, il s'installera dans ses appartements et nous pourrons reprendre notre petit train-train de vie. Tu verras, même les hordes de visiteurs vont se lasser de faire la navette entre Paris et la mer. Ils n'ont pas, comme le patron, de l'argent à jeter par les fenêtres. Crois-en ma parole !

* *
*

Depuis trois ans déjà, Nadia avait sorti des tiroirs, à raison d'une œuvre par mois, une douzaine de gouaches dont *Le Clown et l'oiseau*, *Le Bouquet de glaïeuls au panier*, *Le Juif en prières* et *L'Âne vert* qu'elle avait remis à Georges Guerra. Yann les avait écoulées, sans difficulté, en plus d'une vingtaine de lithographies.

* *
*

Un soir, dans sa chambre, elle sortit un petit carnet de sa table de chevet, feuilleta les pages pour trouver un numéro et décrocha le téléphone.

— Raphaël, c'est moi, est-ce je peux parler à Yann ?

— Oui, il est là. Ça va, toi ?

— Un peu fatiguée, mais ça va.

Nadia avait rencontré Raphaël seulement à deux reprises, lorsqu'elle s'était rendue à Paris pour aller chercher de l'argent que Gigi lui réclamait. Elle avait trouvé le nouvel amant de Yann très sympathique puisqu'il l'avait traitée comme sa petite sœur. Ensemble, ils avaient passé un samedi à faire des courses aux Galeries Lafayette. Lui se cherchait des bottes et Nadia voulait un nouveau veston de cuir.

— Bonsoir, Nadia, il se fait tard, quelque chose ne va pas ?

— Rien de grave, mais…

— Tu n'as pas d'ennuis avec ce sale type de Guerra ?

— Non.

Elle n'eut pas le temps de placer un mot. Yann se mit à lui raconter que, depuis quelque temps, Guerra le harcelait pour de l'argent et laissait toutes sortes de messages crispés et vulgaires sur son répondeur.

— Je sais, il a un affreux caractère. Il faut s'en méfier.

— À qui le dis-tu, ma chère ! Il y a quinze jours, ce salaud a mis le feu à ma nouvelle BMW dans le stationnement de mon immeuble, parce que je n'ai pas voulu céder à son chantage. Il a essayé de me soutirer des versements qui ne lui revenaient pas. Enfin, je ne devrais pas t'ennuyer avec mes petits soucis.

Nadia se mit à rire.

— Heureusement que tu trouves ça plus drôle que moi. Au fait, quelle est la raison de ton appel ?

— Tu sais que le frère de Vava habite ici maintenant ?

— Oui, Paris est encore une petite ville et dans notre milieu tout le monde se connaît. Michel manigance quelque chose ?

— Non, mais depuis des mois, il refait le décor, transforme la villa de fond en comble. Il chambarde tout et, depuis quelque temps, il a envahi les studios. Je crois qu'il dresse un inventaire de tout ce qui s'y trouve. Et l'accès m'est interdit. Depuis qu'il est ici, je n'ai réussi qu'à sortir quatre œuvres.

— Quels thèmes ?

— Je ne sais plus trop, deux semblent être des Jésus sur la croix.

— Où sont-elles, en ce moment ?

— Au fond de ma valise.

— Écoute, tu les gardes chez toi jusqu'à nouvel ordre. Il serait sage de redoubler de prudence.

— Je comprends, bonne nuit.

Nadia, toujours peu rassurée, posa le combiné

* *

*

Depuis le décès de son ancien patron, Léon éprouvait de la difficulté à dormir. Pendant ses nuits blanches, il se consacrait à son nouveau rôle de sentinelle qu'il s'était lui-même donné. Avec son chien, Pasha, il montait la garde, faisant ses rondes dans toute la maison souvent jusqu'à l'aube, pour s'assurer que toutes les portes et fenêtres étaient bien verrouillées et que personne ne rôdait dans les parages. Il se voulait le protecteur de Valentina, mais depuis sa mort, sa vigilance était comme une obsession. Il fallait veiller sur le nouveau patron, Charlotte et la petite bonne.

Une nuit, dans le couloir, il avait vu la lumière filtrer sous la porte de la chambre de Nadia. Il l'entendait parler, mais n'arrivait pas à comprendre ce qu'elle disait. En collant l'oreille contre le panneau, il fut frappé d'horreur. Il tira sur le collier du berger allemand pour lui faire signe et les deux veilleurs s'éloignèrent en vitesse, mais à pas feutrés. Parvenus à l'extrémité du passage, ils firent un virage serré et se dirigèrent vers la cuisine.

Charlotte, qui souffrait parfois de sommeil agité, s'était levée pour se faire une tisane à la fleur d'oranger. Elle croyait que c'était la meilleure chose pour apaiser les tensions nerveuses et les troubles digestifs, en plus de favoriser l'endormissement.

— Tiens, tu fais tes rondes, dit Charlotte habituée à leurs rencontres nocturnes.

— Oui, comme tu vois.

— Mais dis donc, on dirait que tu viens de croiser un revenant, tu es blanc comme un linge, à bout de souffle et tu trembles. Serais-tu fiévreux ?

Léon, plié en deux, les mains sur le bord de la table, essayait de calmer sa respiration. Il émettait toutes sortes de bruits comme un fumeur se raclant la gorge.

— Assieds-toi, tu avales une de mes tisanes et tu me racontes.

— C'est une voleuse ! dit-il en tapant du poing sur la table.

— Quoi ? Qui ?

— Elle ! dit-il cette fois en donnant des coups continus, martelant le bois.

— Arrête ! Tu vas réveiller toute la maison ! Qui, elle ?

— Nadia ! dit-il, l'écume aux lèvres comme un véritable crachat de coucou.

Il hurlait de rage en fulminant.

— Elle nous a bien eus.

Il se mit à bégayer en hochant la tête, sur le point de s'effondrer en larmes. Il répéta :

— Elle nous a bien eus ! Elle nous a bien eus !

Charlotte fut sidérée. Mais, au bout d'un moment, elle retrouva ses esprits.

— Tu es certain de ce que tu avances ? murmura-t-elle.

— Oui, je l'ai entendue clairement dire à quelqu'un au téléphone que l'accès aux studios lui est interdit et que, depuis qu'il est ici, elle n'avait réussi qu'à sortir quatre œuvres.

— Qu'allons-nous faire ?

— Il faut le dire au patron, suggéra Léon.

— Tu n'y penses pas! Il nous mettra à la porte, parce que nous n'avons pas été assez vigilants. Je n'arriverai jamais à me trouver une place après une telle histoire, puisque c'est moi qui ai convaincu Valentina d'engager cette fille. J'ai eu pitié d'elle à cause de la mort tragique de sa mère. Tu vois comment elle m'a remerciée! Elle s'est servie de moi en me prenant pour une conne. Elle s'est bien moquée de nous.

— Monsieur comprendrait mieux la situation si on lui expliquait tous les deux.

— Ne sois pas si bête! Et surtout, ne te fais pas d'illusions, insista Charlotte. Toute cette histoire sera de notre faute. On nous accusera d'avoir été ses complices. Du ciel, si Vava voyait ça, la connaissant, elle serait capable de mourir une seconde fois.

— Qu'allons-nous faire? demanda pour la deuxième fois le vieux chauffeur-jardinier.

— Ne t'en fais pas, mon beau Léon, je m'occupe de tout. Finis ta tisane et va te coucher.

36

L'appel anonyme

Paris, septembre 1994

L'appartement d'Andrée Renard se trouvait à Saint-Germain-des-Prés, à deux pas des Jardins du Luxembourg. Pendant ses rares journées de congé, elle s'amusait à se perdre au détour des nombreuses ruelles qu'elle aimait explorer. Elle allait faire les friperies ainsi que les boutiques de luxe. Le samedi soir, elle rencontrait des amis pour prendre un verre dans les bars branchés. Le dimanche, ils se retrouvaient de nouveau au café Louise, pour partager le brunch.

À la première visite, dès que l'agent immobilier lui eut ouvert la porte, elle avait craqué pour cet appartement. Une certaine lumière matinale blanche, voilée légèrement par la brume, passait par la jolie ferronnerie du balcon des portes-fenêtres et illuminait la beauté des lattes de bois blond du parquet. Elle s'était retrouvée au milieu du célèbre tableau *Les Raboteurs de parquet* de Gustave Caillebotte, comme sans doute l'ancien propriétaire les aurait vus en rentrant chez lui. Trois hommes, le visage à contre-jour, à genoux, s'adonnaient à leur tâche pénible. La lumière irisait les copeaux de bois et se reflétait sur la peau nue de leurs bras et leur dos musclés, luisants de sueur.

Lorsqu'elle signa le contrat d'achat, elle savait que c'était une folie et qu'elle aurait pu choisir un endroit plus modeste. Dans les premières années, avant d'obtenir sa promotion, les versements pour l'hypothèque lui avaient demandé de faire bien des sacrifices. Elle s'y était résignée en minimisant ses sorties dans les restaurants, ses achats de vêtements, de chaussures et de sacs à main.

Cet appartement était cent fois mieux que les pièces étouffantes du logement où elle avait grandi, au huitième étage d'un immeuble dans un quartier de Clichy-sous-Bois. Les propriétaires n'arrivant plus à payer leurs charges avaient laissé peu à peu les lieux se détériorer : fuites dans la toiture, halls d'entrée et cage d'escalier couverts de graffiti, ascenseur en panne, fenêtres cassées et parties communes souillées, où flottaient toujours des odeurs d'urine et de cannabis.

Sa grand-mère l'avait adoptée, lorsque sa mère, abandonnée par le père de la fillette, avait à son tour abandonné sa fille. Elle avait été déposée chez sa grand-mère comme un sac de linge sale. Son enfance avait été définie par deux choses : la peur, lorsque d'un œil toujours attentif elle devait naviguer dans les rues de cette jungle urbaine, et les mots de sa grand-mère qui, un jour, se plaignait à une voisine qu'elle n'était qu'une autre bouche à nourrir.

Tous les matins, Andrée s'était réveillée dans un appartement qui faisait peine à voir. Faute de moyens, sa grand-mère ne pouvait le restaurer. La peinture s'écaillait, les murs étaient rongés par l'humidité, la porte de sa chambre et celle de la salle de bain ne fermaient plus et les plafonds portaient des traces de dégâts laissés par d'anciennes fuites d'eau. Le papier peint défraîchi, dans certaines pièces, pendait en lambeaux et de grands cercles bruns ornaient les coins du plafond.

Adolescente, elle avait eu la chance d'avoir de bons professeurs et s'était plongée dans ses études. Au fil des années, elle apprit à pardonner et comprit que sa grand-mère avait fait de son mieux. Fatiguée, surmenée, sans le sou, elle avait fait face, sans aide, au fardeau d'une enfant à élever, auquel elle ne s'attendait pas.

Andrée vivait maintenant dans ce petit milieu cosmo-polite, elle avait un travail qu'elle aimait et pour lequel elle était particulièrement douée.

* *
*

Il était 10 h 30 lorsqu'elle reçut l'appel. Elle faisait la grasse matinée puisqu'elle ne devait rentrer au bureau qu'en fin d'après-midi. Elle avait projeté de faire des courses pour remplir son frigo et d'arrêter chez le nettoyeur pour récupérer trois de ses tailleurs qui étaient là depuis deux semaines déjà.

Elle reconnut tout de suite la voix de Marius, son assistant. Il avait reçu des ordres stricts de ne pas lui téléphoner à la maison, sauf dans des cas d'urgence.

— Je m'excuse de vous déranger, madame Renard, mais nous venons de recevoir un appel de la villa de Saint-Paul-de-Vence.

— Que se passe-t-il?

— Il y a du nouveau à propos de la fille d'Irène Menskoï.

— Est-ce que quelqu'un lui a fait du mal?

— Non, non, pas du tout. Je vous donnerai les détails lorsque vous arriverez au bureau.

— Je viens tout de suite, Marius. Je n'aurai pas le temps de prendre mon petit-déjeuner. Pourriez-vous me faire du café et aller me chercher deux croissants et de la confiture d'abricots, s'il vous plaît?

Elle s'habilla en vitesse avec le pressentiment que les journées à venir seraient plus que chargées.

37

L'enquête à rebours

En arrivant au bureau, Andrée Renard prit le temps d'avaler son petit-déjeuner et de contacter Xavier Brassard du Commissariat de police central de la gendarmerie de Nice-Foch, avant de réunir son équipe pour les mettre au courant des derniers développements.

L'inspecteur Brassard, comme elle, avait pris un congé. Sa journée avait été organisée dans les moindres détails et il n'appréciait pas un appel l'obligeant à remettre un dîner, annulé plus d'une fois auparavant.

La veille, il s'était rendu au marché pour faire minutieusement toutes ses courses. Il imaginait le ton intime du tête-à-tête avec sa nouvelle fiancée, les saveurs de chaque plat et le bouquet des bons vins qu'il servirait avec le repas, sur la terrasse de son appartement surplombant la mer.

Au moment de l'appel, il était dans l'état d'esprit d'un homme qui se promettait de savourer pleinement une journée de repos bien méritée et qui présageait une fin de soirée encore plus délicieuse.

L'appel lui parvint à 11 h 30, alors qu'il était en train de peler les pommes de terre et de laver les poireaux pour sa vichyssoise. « La tarte aux poires d'Anjou devra attendre », se dit-il, en reconnaissant la voix de Marius.

— Bonjour, Inspecteur Brassard! Ne quittez pas, la commissaire Renard voudrait vous parler.

Au bout de la ligne, il entendit un déclic puis, après un moment, la voix bien connue de sa collègue.

— Il y a du nouveau dans le dossier de la bonne des Chagall, je crois que nous allons avoir besoin de vos services immédiatement.

— Mais, je croyais que depuis le décès d'Irène Menskoï, tout était rentré dans l'ordre, dit Xavier Brassard.

— Ce n'est pas du tout le cas. Nous surveillons depuis longtemps deux individus considérés comme suspects, sans trouver de preuves d'une affaire illicite. Mais ce matin, nous avons reçu un appel qui vient confirmer nos pires appréhensions. Je voudrais vous demander de commencer les démarches pour procéder à l'arrestation préventive de Nadia, la fille d'Irène Menskoï, tandis que nous allons mettre en état d'arrestation Verstraete puisqu'il habite Paris et Guerra qui se trouve à dix kilomètres de la ville.

— Je vous informe dès que nous aurons la jeune femme en détention, annonça la voix de Brassard dans le combiné, avant de raccrocher.

* *

*

Après des mois d'enquête dans le plus grand secret, les policiers perquisitionnèrent chez Nadia à Martigues, dans les Bouches-du-Rhône. Ils y récupérèrent quatre œuvres, dont deux étaient des crucifixions. Elles les avaient cachées dans de vieux journaux et des sacs d'épicerie, derrière le frigo. Clément Toussaint, le chasseur de tableaux volés, venu sur les lieux pour identifier les œuvres, était hors de lui. Depuis le temps qu'il pratiquait ce métier, il avait l'habitude de retrouver des œuvres d'art de grande valeur, souvent en très mauvais état, cachées dans des endroits inimaginables. Des souvenirs, des pires situations dont il avait eu connaissance, lui revinrent à l'esprit tout à coup. Certains vols dataient de plus de vingt ans. Dans la soirée du 23 septembre 1971, un garçon d'hôtel de vingt et un ans avait retiré des cimaises *La lettre d'amour* de Vermeer, au Palais des beaux-arts de Bruxelles. Au cours de sa visite des lieux, le voleur s'était enfermé dans la boîte des panneaux électriques de la salle d'exposition. À la fermeture du musée, il était sorti de sa cachette pour décrocher du mur le tableau choisi. En voulant se sauver par une fenêtre, il s'était rendu compte que le cadre était beaucoup trop grand pour passer par l'ouverture. Pris de panique, il avait essayé, sans succès, de sortir la toile du cadre. À bout de solutions, il avait maladroitement coupé la toile de son cadre avec un éplucheur de pommes de terre qu'il avait sur lui. Par la suite, il avait roulé la toile pour l'enfouir dans la ceinture de son pantalon, où elle allait subir encore plus de dégâts. Dans un premier temps, il l'avait cachée dans sa chambre. Plus tard, il décida de l'enterrer dans la forêt. Quand il se mit à pleuvoir, il serait allé, paraît-il, la déterrer pour la mettre dans une taie d'oreiller et la cacher sous le matelas de son lit, dans sa chambre, au café-restaurant de l'hôtel où il travaillait.

Une autre histoire d'horreur fut le vol en 1969 de la *Nativité avec saint François et saint Laurent* de Caravaggio. Toussaint classait ce vol au rang des plus célèbres du monde de l'art.

Le chef-d'œuvre, introuvable à ce jour, fut dérobé d'une chapelle de Palerme, en Italie. Selon des témoignages, le tableau fut subtilisé à la demande d'un acheteur privé. Pour en réduire les dimensions, la toile fut tailladée maladroitement au couteau et retirée de son cadre. L'acheteur, voyant l'état de la toile, aurait fait une crise de nerfs et, en larmes, aurait refusé de prendre l'œuvre. Les voleurs, sachant qu'ils n'avaient pas d'autres preneurs, la cachèrent dans une grange où des rats et des porcs l'auraient irrémédiablement endommagée. La rumeur voulait que l'œuvre ait été brûlée. Pourtant, le sort de la *Nativité* restait toujours un mystère entier.

Entre deux soupirs, Toussaint put facilement identifier les quatre gouaches comme des authentiques. Chacune était accompagnée d'un certificat du Comité Chagall, dont le président était Jean-Louis Prat. Toussaint connaissait bien cet homme. Prat, maintenant directeur de la Fondation Maeght à Saint-Paul-de-Vence, s'était donné comme mission de défendre le droit moral du peintre décédé. De plus, il s'était fixé comme objectif de traquer les faux. Ancien gendarme, il s'était servi des méthodes apprises à l'époque où il coiffait toujours le képi. Il fut crédité de plus de cinquante saisies. Il s'était même rendu jusqu'à New York afin de confondre des faussaires. En bref, il était le seul à confirmer la validité du certificat d'authenticité. Sans ce document, un Chagall était invendable.

Nadia fut embarquée. On l'avait d'abord informée de ses droits avant de la conduire au commissariat de police. Se rendant à l'évidence qu'elle ne parviendrait pas à s'en sortir, elle passa aux aveux et impliqua son frère dans les recels. Xavier Brassard enregistra son témoignage. Serge fut arrêté quelques heures plus tard, mais minimisa son implication dans toute l'affaire en disant :

— Je ne connaissais pas le contenu des colis que je devais livrer une fois par mois à Jean-Luc Verstraete. Je le faisais pour faire plaisir d'abord à ma mère et, plus tard, à ma sœur.

Nadia à son tour avoua :

— Oui, je sortais des œuvres de la villa dans ma valise, au moment de partir pour les week-ends. Mais je le faisais sous l'influence indue de Georges Guerra et j'avais très peur de lui. Si je voulais arrêter, il menaçait de me tuer, disant que je finirais comme ma mère. J'avais aussi peur de Yann. C'est lui qui a envoûté ma mère. Et Gigi s'est servi de moi en me faisant croire qu'il m'aimait. Et bêtement, je suis tombée dans le panneau.

38

Le taupier pris au piège

Paris, 16 octobre 1994

Quinze jours plus tard, en fin de journée, Yann sortait de son appartement du 72, quai André-Citroën, accompagné de son ami Raphaël quand les gendarmes déboulèrent dans le hall. Verstaete se mit alors à pleurnicher et à gémir en se débattant. Dans sa confusion, il avait pris les policiers pour les gros bras de Guerra. Il était persuadé que Gigi les avait envoyés pour le tabasser et lui « faire une grosse tête ».

Une fois la méprise passée, Verstaete, qui se faisait toujours appeler Yann, voulut tout de suite présenter ses excuses aux policiers.

— Je croyais que vous alliez me battre. On ne sait jamais avec Guerra, il me menaçait en laissant des messages sur mon répondeur et il a fait flamber ma voiture, parce que je ne voulais plus lui donner d'argent.

Yann fut emmené au commissariat pour interrogatoire. En route, il s'était mis à se plaindre d'un malaise cardiaque. Il fut d'abord conduit au service des urgences à Nanterre, de là promené de l'Hôtel-Dieu à l'hôpital Ambroise-Paré. Comme les services étaient débordés, on le ramena de nouveau à l'Hôtel-Dieu.

Deux jours plus tard, de son lit d'hôpital, à peine remis de ses émotions et de sa crise d'hystérie, l'ex-taupier expliqua en détail le système qu'il avait mis en place. Huit jours après son arrestation, il fut écroué. Dans son luxueux appartement, les policiers mirent la main sur les diapositives des œuvres dérobées et sur une somptueuse lithographie d'un *Moïse*.

L'aveu de ses méfaits entraîna une rafale de mises en examen, de contrôles judiciaires et d'incarcérations. Trois marchands de tableaux parisiens furent inculpés et durent échanger leur jolie boutique pour une cellule de prison. Yves Hémin, propriétaire de la galerie Marcel-Bernheim, Josée-Lyne Falcone, une experte respectée de la galerie Falcone-Carpentier et Denis Bloch, propriétaire de la galerie Denis-Bloch, furent tous les trois placés en garde à vue.

Le parquet avait déjà ouvert une information judiciaire à la suite de l'appel anonyme. Mais selon la loi sur la prescription du recel, en l'absence de plaintes pour la période allant de 1988 au 13 octobre 1991, et en vertu des restrictions de cette loi de trois ans, toutes les ventes — et il y en a eu — n'ont pu être prises en compte. Il fut impossible de déterminer le nombre exact d'œuvres volées au cours des années. Les autorités ne purent faire que des suppositions. Des douzaines de lithographies, et au moins une soixante de gouaches furent dérobées des armoires à plans de l'atelier dans la résidence de la veuve de Marc Chagall. Personne ne pouvait être tenu responsable des méfaits de la gouvernante Irène Menskoï, morte depuis bientôt quatre ans.

Par un hasard favorable, les policiers avaient découvert des traces de transactions effectuées par chèque, postérieures à cette date. La plus ancienne datait du 22 novembre 1991. Ce simple document fut la preuve tangible tant attendue pour résoudre cette affaire qui hantait les autorités depuis des années. L'Office central de répression de vols d'œuvres d'art arriva ainsi à mettre fin au trafic des gouaches volées.

Même l'avocat de la défense applaudissait le travail éblouissant fait par l'ensemble du service de trente policiers qui avaient réussi, en trois mois, à résoudre l'énigme.

39

Dame justice est aveugle

Paris, le 3 mai 2003

Le premier jour de l'audience de la 10ᵉ chambre correctionnelle, les œuvres volées du grand peintre, Marc Chagall, décédé en 1985, s'étaient matérialisées en une bien triste exposition accrochée aux murs de cette salle de bois sombre, aux plafonds très hauts.

L'intérêt médiatique était considérable. Des chaises supplémentaires furent ajoutées devant les bancs du public. À une longue table siégeait la présidente du tribunal, bien entourée de ses assesseurs. À gauche, les accusés se retrouvaient dans leur box et, sur la droite, un petit bureau isolé servait au procureur. Le seul gendarme présent devait maintenir l'ordre, et le greffier, assis devant son ordinateur, devait assurer le bon déroulement des procédures.

Tout avait marché rondement pour les voleurs et les marchands d'art renommés qui avaient à leur tour acheté le généreux butin. Aujourd'hui, ils se trouvaient au rang des prévenus, comme les trois singes de la sagesse. Loin de l'image du premier qui ne parlait pas, du deuxième qui ne voyait pas et du troisième qui n'entendait pas, ces derniers voulaient affirmer avec conviction que lorsqu'on leur avait offert d'acheter les œuvres, les certificats d'authenticité les accompagnaient. Rien de plus facile que d'en faire l'examen pour s'assurer de la provenance ou du nom du propriétaire de l'œuvre. Ils avaient bonne conscience. Que les œuvres aient été volées importait peu. Ce qui comptait par-dessus tout était la provenance. La preuve irréfutable que les œuvres étaient authentiques.

Par bonheur, ils avaient accepté de payer leurs achats en liquide ou par chèque à la tante de Jean-Luc Verstraete, un personnage de second plan dans le monde des arts. Aucun des galeristes n'arrivait à concevoir ce qui aurait pu poser problème.

Au cours de la première journée d'audience, les accusés n'eurent guère l'occasion de se faire entendre. Le procureur chargé de lire la liste des méfaits mit deux heures à lire à voix haute des extraits de l'acte d'accusation qui comptait des centaines de pages.

Les principaux chefs d'accusation étaient clairs : Georges Guerra, Jean-Luc Verstraete et les galeristes Josée-Lyne Falcone, Yves Hémin et Denis Bloch étaient soupçonnés d'avoir mis en vente, sur une période de trois ans, des œuvres volées, causant préjudice aux héritiers, à de nombreux galeristes, aux collectionneurs et aux investisseurs, tout en réalisant des bénéfices estimés aujourd'hui à des millions d'euros. Ils étaient en plus accusés d'escroquerie en bande organisée.

La présidente du tribunal, à son tour, reprochait aux galeristes d'avoir failli à leurs responsabilités et d'avoir fait des recherches bâclées, puisqu'ils n'avaient pas pris la peine de se renseigner sur l'identité des propriétaires des œuvres qu'ils achetaient.

— Vous receviez des gens que vous ne connaissiez pas, ou alors très peu, et qui vous proposaient des œuvres à vendre. Pourtant, dans votre milieu, il était bien connu que la veuve de Chagall n'était guère disposée à vendre quoi que ce soit de ce qu'elle possédait. Un simple appel au directeur de la Fondation Maeght aurait confirmé ce fait. Mais, vous aviez tous devant les yeux la couleur des dollars qui vous ont aveuglés.

Lors de la deuxième journée d'audience, les deux galeristes, Yves Hémin et Denis Bloch, nièrent avoir participé à ce genre de recel. Pour leur défense, les deux marchands d'art inculpés affirmaient que, dans leur métier, ce genre de transaction repose sur la confiance et les bonnes relations. Et puisqu'ils avaient les certificats d'authenticité, ils n'avaient pas vu la nécessité de s'interroger sur la provenance des œuvres. C'était compris que l'expert de la Fondation Maeght avait fait toutes les vérifications avant de délivrer son certificat. Les deux autres inculpés, Josée-Lyne Falcone et Georges Guerra, brillaient par leur absence. L'une se disait malade, alors que l'autre était en fuite.

Lorsque ce fut au tour de Jean-Luc Verstraete de comparaître, le tribunal avait insisté pour le faire évaluer auparavant par des psychiatres.

La juge voulait s'assurer qu'il était apte à subir un procès. Selon la loi, il en serait exempté s'il était atteint de troubles mentaux. La décision fut basée sur le rapport médical qui datait de la journée de l'arrestation de Verstraete.

La juge craignait qu'il fasse de nouveau des crises de nerfs, la contraignant à le retirer de la salle d'audience pour le faire transporter encore une fois à l'hôpital. Dans leur rapport, les experts qui l'avaient examiné le qualifièrent bien sûr de fragile et d'influençable, ayant de faibles capacités intellectuelles, mais autrement il était sain d'esprit et bien dispos.

Il était drôle à voir et à entendre avec son fort accent régional. Il faisait tache au cœur des procédures judiciaires solennelles. Corpulent, il portait maintenant ses cheveux rejetés en arrière, presque à la longueur des épaules. Il s'était fait pousser une moustache et une barbe qu'il taillait pour se donner l'allure d'un d'Artagnan. Avec une certaine candeur, l'ancien taupier allait avouer qu'avant toute cette histoire, il ne savait même pas qui était Chagall. Il avait découvert sa notoriété en faisant la connaissance de la bonne, Irène Menskoï, rencontrée par hasard dans un marché du Marais. C'était elle qui lui avait dit qu'elle travaillait pour le célèbre artiste et c'était elle qui lui aurait fait découvrir les problèmes de la succession après la mort de l'artiste. Il jurait qu'elle lui avait proposé de vendre la première œuvre sortie de l'appartement de Paris et les autres, qu'elle avait volées de la villa de Saint-Paul-de-Vence.

La juge exaspérée dut lui rappeler à plusieurs reprises qu'il témoignait sous serment. À la suite de ces avertissements répétés, l'accusé faisait une tête d'enfant que l'on venait de gronder, mais il reprenait le fil de son témoignage sans déroger de ses calomnies et de ses dénonciations.

Tous les matins, depuis le début du procès, les journaux débordaient de toutes sortes de potins sur l'ancien taupier. Ils décrivaient le principal accusé comme un personnage rondouillard, ayant l'air d'un vigile de supermarché. Ils avaient découvert que Verstraete, comme de nombreux courtiers du marché de l'art, était un VRP — voyageur, représentant et placier — travaillant à salaire. Il était chargé de faire les démarches auprès des clients et de vendre le produit ou le service pour une ou plusieurs entreprises. Pendant quelque temps, il avait occupé le poste de vendeur de voitures de luxe, ce qui lui avait donné l'occasion de jouer l'intermédiaire avec les gens huppés. Bien que ses connaissances en art fussent quasiment nulles, il ne manquait pas d'entregent, de bagout, ni de culot. À l'aise dans les milieux où l'argent circulait, ce n'était donc pas difficile pour lui d'assister, pour se faire voir, à tous les cocktails et les vernissages. Il se glissait dans les réceptions au même titre que les autres pique-assiettes comme lui. Là, il allait y découvrir toute une faune d'individus spécialistes de la courtisanerie qui collectionnaient au passage d'intéressantes cartes de visite, les menant là où il y avait de belles affaires à réaliser. C'était de cette façon qu'il avait, au cours d'une de ces soirées, décroché son poste chez le marchand d'art Jean-François Gobbi. Ce nouvel emploi venait de permettre au loup d'entrer dans la bergerie.

40

Les voleurs de gouaches
au banc des accusés

Paris, le 22 mai 2003

Dans la salle d'audience, la juge Arlette Maurier présidait. Les chroniqueurs judiciaires chargés de couvrir ce procès se demandaient comment Verstraete et les autres avaient pu évoluer avec autant de facilité dans le monde de l'art. Selon eux, Verstraete avait plutôt la tête d'un nigaud que d'un courtier d'art. En bref, le prévenu avait laissé entendre que c'était lui la vraie victime dans toute cette histoire, car il avait été manipulé par Josée-Lyne Falcone et Georges Guerra, son jeune amant ambitieux, qui avait été en fin de compte son mauvais génie.

À la barre des témoins, l'inculpé se défendait tant bien que mal.

— C'est mon ancien compagnon, Georges Guerra, qui m'a suggéré d'abord de me lier d'amitié avec Irène Menskoï. Mais après la mort de Chagall, il m'a incité à appeler les héritiers, en disant que j'étais courtier chez Gobbi. Il voulait que j'entre en contact directement avec Valentina. Quand je téléphonais à la villa, c'était toujours avec la bonne que je parlais puisqu'on se connaissait déjà. C'est elle qui me donnait les gouaches et les nombreuses lithographies. Elle disait que Valentina les lui avait confiées pour qu'elles soient toutes vendues. Depuis la mort de son mari, c'était le seul moyen que Vava avait d'obtenir de quoi vivre. Guerra se chargeait par la suite de les revendre à Josée-Lyne Falcone et aux autres prévenus. Je n'étais que l'intermédiaire. C'est Irène qui nous a tous bernés.

Toute cette histoire s'était déroulée sans obstacles et sans ennuis. Toutefois, l'affaire aurait pu éclater au grand jour, après le meurtre de la gouvernante par son mari qui ne pouvait supporter de voir sa femme s'éloigner.

— Comment expliquez-vous, monsieur Verstraete, la relation entre Nadia Menskoï et Georges Guerra ? demanda l'avocat de l'accusation.

— Ben, c'est lui qui a séduit Nadia en lui offrant des voyages, des bijoux et la promesse de mener la grande vie. Pour me garder dans le coup, il me faisait des menaces. C'est lui qui l'a convaincue de vider les tiroirs des studios. Je n'y étais pour rien. Nous avions tous peur de Guerra. C'est vraiment un sale type.

Selon *Le Figaro*, il parut stupéfiant que les autres prévenus aient pu considérer l'ancien taupier comme un intermédiaire réputé, distingué et raffiné. À cet égard, il existait des tas de professionnels dans les hautes sphères du monde de l'art qui ont été bafoués et escroqués par des personnages étranges et hauts en couleur. D'une part, au cours de leur carrière, ils ont été éblouis par l'étalage du train de vie de ces personnages ou plutôt envoûtés par l'attrait de l'argent facile. D'autre part, la raréfaction de bonnes pièces sur le marché les avait conduits à découvrir toutes les pistes susceptibles de les mener vers des sources d'approvisionnement, en oubliant au passage toute forme de prudence élémentaire.

*   *

*

Lorsque Verstraete fut interrogé sur le fait que les œuvres qu'il avait obtenues de la gouvernante avaient en fait été volées et qu'il les avait acceptées en toute connaissance de cause, le prévenu a continué de nier avec véhémence sa culpabilité. Il a rejeté carrément le blâme sur les épaules de la bonne et affirmé sous serment :

— Je n'aurais jamais consenti à de pareilles activités, si j'avais su que les œuvres avaient été volées. C'est Irène Menskoï qui me les avait offertes ou plutôt confiées pour être vendues. Ma participation dans toute cette histoire ne saurait justifier des sanctions pénales.

Plus tard, il est ressorti de ses déclarations que les véritables organisateurs du trafic avaient été Josée-Lyne Falcone et Georges Guerra, ancien amant de Verstraete. L'ancien taupier se déchargea de toute responsabilité en accusant et en rejetant la faute essentiellement sur tous ceux qui étaient absents du procès.

En terminant son témoignage, il essaya une fois de plus de se disculper en minimisant sa participation dans toute cette histoire. Avec son bagout habituel, il chercha notamment à convaincre l'auditoire de son innocence.

— Je ne suis pas un voleur. Je suis, au contraire, le protecteur des œuvres de Chagall. Toutes ces œuvres auraient pu être détruites par Valentina, affirma-t-il, cherchant par tous les moyens à s'innocenter.

Verstraete était devenu un bouffon héroï-comique, dont les journaux s'étaient nourris pendant toute la durée du procès. L'ex-taupier, voyant que sa déclaration n'avait pas produit l'effet escompté, ajouta une dernière énormité à son tissu de mensonges et de fabulations, en cherchant à se raccrocher désespérément à n'importe quoi pour blanchir sa réputation.

— Des témoins, ajouta-t-il, auraient vu Valentina mettre le feu à des tableaux. De cette façon, s'il y avait pénurie sur le marché, elle aurait pu vendre à gros prix et maintenir la cote du peintre.

Devant les questions de l'avocat, il s'est révélé incapable de citer un seul nom.

Dans les derniers jours du procès, qui avait duré quatre mois, Jean Luc Verstraete était seul à comparaître. En l'absence des autres accusés, il a bénéficié d'un non-lieu. Le parquet décida d'abandonner les poursuites.

Verstraete, l'ex-taupier, vexé par le peu d'attention que lui accordaient les médias, dira aux journalistes, à sa sortie du palais de justice :

— Décidément, si Irène était la dinde, il semblerait que je suis la farce.

Les enfants d'Irène, en échange de leurs aveux, n'eurent pas à comparaître comme témoins. La Cour décida qu'ils avaient été des tierces personnes, jouets des circonstances. Les recels avaient commencé alors qu'ils étaient mineurs et Nadia avait continué les vols sous l'influence indue de Georges Guerra. Elle et son frère furent considérés comme des victimes de machination et de manipulation.

Épilogue

Quelques semaines après le procès, Jean-Luc Verstraete s'aperçut que son heure de gloire appartenait au passé et que sa notoriété avait été reléguée aux oubliettes. Plus personne ne gobait ses informations réchauffées et son tas de mensonges. Il rentra donc dans sa ville natale de Halluin, cherchant à recoller les morceaux de sa vie brisée. Aujourd'hui, il est le gérant de sa propre entreprise Yann Art, qui évolue dans le secteur de l'immobilier.

Pour les galeristes, la justice a suivi son cours. Le gérant de la galerie Marcel-Bernheim, ayant acheté des voleurs au moins trois gouaches, est incarcéré. Yves Hémin, qui a acheté de nombreuses œuvres de Jean-Luc Verstraete, est aussi interpellé et écroué, bien qu'il nie avoir eu connaissance de la provenance des Chagall. Le directeur de la galerie Adler, Joël Cohen, est mis en examen, tandis que le propriétaire de la galerie Denis-Bloch est incarcéré.

De son côté, Josée-Lyne Falcone, l'acolyte de Guerra, absente du procès pour cause de maladie, est la sœur de Pierre Falcone, le marchand d'armes. En 2001, il est mis en examen et écroué dans l'affaire de la vente d'armes à l'Angola. Quelques jours plus tard, Josée-Lyne est aussi mise en examen, tard dans la nuit, à l'issue d'une longue garde à vue. Elle est libérée contre une caution de cinq millions de francs et placée sous contrôle judiciaire. Aujourd'hui, elle tient un commerce d'art à Montréal qui porte son nom. Elle se dit marchande et conseillère en art.

Georges Guerra, lui, après avoir été repéré en Espagne, a réussi à échapper à la justice. Dans les mois suivant le procès, on a perdu définitivement sa trace.

En 1985, Jean-François Gobbi avait déjà fait fortune en récupérant la part de l'héritage du fils de Chagall. Dix ans plus tard, la succession de l'artiste lui propose une autre sélection d'œuvres à vendre. Les héritiers avaient approché la maison Sotheby's pour lui offrir les œuvres datant des quinze ou vingt dernières années de la vie de Chagall. Gobbi, en raflant cette deuxième portion pour 65 millions de dollars, allait faire fortune en les revendant. Pour échapper au fisc français, qui exigeait déjà le paiement de plusieurs millions en impôt, il quitte Paris pour s'établir à Neuchâtel en Suisse, où il reprend ses activités et s'affiche toujours comme marchand de tableaux.

Michel Brodsky meurt en 1997. Il est enterré avec sa sœur et Marc Chagall dans le cimetière de Saint-Paul-de-Vence. Il lègue aux descendants de Chagall toutes les propriétés et les œuvres d'art dont il avait hérité de sa sœur Valentina

Ida Chagall, divorcée de son deuxième mari, Franz Meyer, souffrait d'alcoolisme et meurt de cancer, en 1994, dans sa maison d'été de Brulat du Castellet dans le sud de la France. Elle était âgée de 78 ans. Elle laisse dans le deuil ses filles jumelles, Bella et Meret, et son fils Piet.

Après la publication de nombreux livres et une carrière de parolier de la chanson française, David McNeil, le fils unique de Marc Chagall, sombre dans les excès, notamment dans l'alcool au début des années 1990, après l'échec d'un nouvel album. À 67 ans, il veut relancer sa carrière, mais la cigarette a fait ses ravages. Il souffre d'un cancer de l'œsophage et, de plus, subit l'ablation d'un poumon. Il doit s'entraîner comme un chanteur d'opéra pour retrouver sa voix. Il affirme qu'après avoir hérité de son père, les médias lui ont craché dessus puisqu'il n'avait plus l'image de l'artiste crevant de faim.

Les enfants d'Irène Menskoï, Serge et Nadia, après avoir négocié un accord, sont remis en liberté. Grâce à leurs témoignages, ils ont permis aux autorités de résoudre l'affaire et de repérer quelques-unes des œuvres volées.

TABLE DES MATIÈRES

VOIX NARRATIVES
Collection dirigée par Marie-Anne Blaquière

BÉLANGER, Gaétan. *Le jeu ultime*, 2001. Épuisé.

BÉRUBÉ, Sophie. *Car la nuit est longue*, 2015.

BLAQUIÈRE, Nathalie. *Boules d'ambiance et kalachnikovs. Chronique d'une journaliste au Congo*, 2013.

BOULÉ, Claire. *Sortir du cadre*, 2010.

BRUNET, Jacques. *Messe grise* ou *La fesse cachée du Bon Dieu*, 2000.

BRUNET, Jacques. *Ah...sh*t ! Agaceries*, 1996. Épuisé.

CANCIANI, Katia. *178 secondes*, 2009.

CANCIANI, Katia. *Un jardin en Espagne. Retour au Généralife*, 2006. Épuisé (réédité en Format Poche).

CHICOINE, Francine. *Carnets du minuscule*, 2005.

CHRISTENSEN, Andrée. *La mémoire de l'aile*, 2010.

CHRISTENSEN, Andrée. *Depuis toujours, j'entendais la mer*, 2007. Épuisé (réédité en Format Poche).

COUTURIER, Anne-Marie. *Le clan Plourde. De Kamouraska à Madoueskak*, 2012.

COUTURIER, Anne-Marie. *L'étonnant destin de René Plourde. Pionnier de la Nouvelle-France*, 2008.

COUTURIER, Gracia. *L'ombre de Chacal*, 2016.

COUTURIER, Gracia. *Chacal, mon frère*, 2010. Épuisé (réédité en Format Poche).

CRÉPEAU, Pierre. *Madame Iris et autres dérives de la raison*, 2007.

CRÉPEAU, Pierre et Mgr Aloys BIGIRUMWAMI, *Paroles du soir. Contes du Rwanda*, 2000. Épuisé.

CRÉPEAU, Pierre. *Kami. Mémoires d'une bergère teutonne*, 1999. Épuisé.

DONOVAN, Marie-Andrée. *Fantômier*, 2005.

DONOVAN, Marie-Andrée. *Les soleils incendiés*, 2004.

DONOVAN, Marie-Andrée. *Mademoiselle Cassie*, 2e éd., 2003.

DONOVAN, Marie-Andrée. *Les bernaches en voyage*, 2001.

DONOVAN, Marie-Andrée. *L'harmonica*, 2000.

DONOVAN, Marie-Andrée. *Mademoiselle Cassie*, 1999. Épuisé.

DONOVAN, Marie-Andrée. *L'envers de toi*, 1997.

DONOVAN, Marie-Andrée. *Nouvelles volantes*, 1994. Épuisé.

DUBOIS, Gilles. *L'homme aux yeux de loup*, 2005.

DUCASSE, Claudine. *Cloître d'octobre*, 2005.

DUHAIME, André. *Pour quelques rêves*, 1995. Épuisé.

FAUQUET, Ginette. *La chaîne d'alliance*, en coédition avec les Éditions La Vouivre (France), 2004.

FLAMAND, Jacques. *Mezzo tinto*, 2001. Épuisé.

FLUTSZTEJN-GRUDA, Ilona. *L'aïeule*, 2004.

FORAND, Claude. *R.I.P. Histoires mourantes*, 2009.

FORAND, Claude. *Ainsi parle le Saigneur*, 2006.

GAGNON, Suzanne. *Passeport rouge*, 2009.

GRAVEL, Claudette. *Fruits de la passion*, 2002.

HARBEC, Hélène. *Chambre 503*, 2009. Épuisé (réédité en Format Poche).

HAUY, Monique. *C'est fou ce que les gens peuvent perdre*, 2007.

HENRIE, Maurice. *Petites pierres blanches*, 2012.

JACK, Marie. *Mariana et Milcza*, 2015.

JACQUOT, Martine L. *Les oiseaux de nuit finissent aussi par s'endormir*, 2014.

JEANSONNE, Lorraine M. M. *L'occasion rêvée… Cette course de chevaux sur le lac Témiscamingue*, 2001. Épuisé.

L'ALLIER, Louis. *Nikolaos, le copiste*, 2016.

LAMONTAGNE, André. *Dans la mémoire de Québec. Les escaliers*, 2015.

LAMONTAGNE, André. *Dans la mémoire de Québec. Les fossoyeurs*, 2010.

LAMONTAGNE, André. *Le tribunal parallèle*, 2006.

LANDRY, Jacqueline. *Terreur dans le Downtown Eastside. Le cri du West Coast Express*, 2013.

LEPAGE, Françoise. *Soudain l'étrangeté*, 2010.

LÉVESQUE, Geneviève. *La maison habitée*, 2014.

MALLET-PARENT, Jocelyne. *Celle qui reste*, 2011.

MALLET-PARENT, Jocelyne. *Dans la tourmente afghane*, 2009.

MARCHILDON, Daniel. *Le sortilège de Louisbourg*, 2014.

MARCHILDON, Daniel. *L'eau de vie (Uisge beatha)*, 2008. Épuisé (réédité en Format Poche).

MARTIN, Marie-Josée. *Un jour, ils entendront mes silences*, 2012.

MAZIGH, Monia. *Du pain et du jasmin*, 2015.

MUIR, Michel. *Carnets intimes. 1993-1994*, 1995. Épuisé.

OLSEN, Karen. *La bonne de Chagall*, 2017.

PIUZE, Simone. *La femme-homme*, 2006.

RESCH, Aurélie. *Pars, Ntangu !*, 2011.

RESCH, Aurélie. *La dernière allumette*, 2011.

RICHARD, Martine. *Les sept vies de François Olivier*, 2006.

ROBITAILLE, Patrice. *Le cartel des volcans*, 2013.

ROSSIGNOL, Dany. *Impostures. Le journal de Boris*, 2007.

ROSSIGNOL, Dany. *L'angélus*, 2004.

THÉRIAULT, Annie-Claude. *Quelque chose comme une odeur de printemps*, 2012.

TREMBLAY, Micheline. *La fille du concierge*, 2008.

TREMBLAY, Rose-Hélène. *Les trois sœurs*, 2012.

VICKERS, Nancy. *Maldoror*, 2016.

VICKERS, Nancy. *La petite vieille aux poupées*, 2002.

YOUNES, Mila. *Nomade*, 2008.

YOUNES, Mila. *Ma mère, ma fille, ma sœur*, 2003.

Imprimé sur papier Enviro[MC] 100
Contient 100 % de fibres postconsommation certifiées FSC®
Certifié ÉcoLogo, Procédé sans chlore et FSC® Recyclé
Fabriqué à partir d'énergie biogaz

Carton couverture 30 % de fibres postconsommation
Certifié FSC®
Fabriqué à l'aide d'énergie renouvelable
sans chlore élémentaire, sans acide

Photographie de l'auteure : Ken Richardson, photographe
Couverture : *Ruelle de Saint-Paul-de-Vence*, 2013. © Alessandra Moriggi
Maquette et mise en pages : Anne-Marie Berthiaume
Révision : Frèdelin Leroux

ACHEVÉ D'IMPRIMER EN FÉVRIER 2017
SUR LES PRESSES DE L'IMPRIMERIE GAUVIN
GATINEAU (QUÉBEC) CANADA